엄마가 모르는
교사의 속마음

엄마가
모르는

민상기 지음

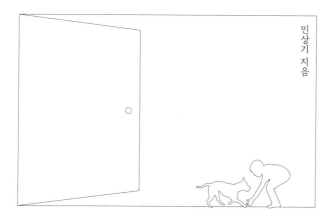

교사의 속마음

선생님이 알려주는 아이의 진짜 모습

행성B

무심한 선생님이었습니다

20여 년 전, 초등학교 5학년 미술 시간에 있었던 일입니다. 특별한 주제 없이 수채화를 그리는 수업이었습니다. 저는 동그라미, 세모, 네모 같은 여러 도형을 겹치게 그려 넣고 검정색과 흰색 물감으로만 색칠을 했습니다. 그때는 몰랐는데 지금 생각해보면 제법 그럴듯한 추상화였습니다.

담임선생님은 교실 뒤쪽 게시판에 학생들의 그림을 걸고 있었습니다. 저는 내심 칭찬을 기대하며 선생님에게 완성된 그림을 가져갔습니다.

"이따위를 그림이라고 그렸어?"

제 기대와 달리 선생님은 얼굴을 찡그리며 저에게 핀 잔을 주었습니다. 딱 한마디였습니다. 그리고 그 한마디 는 제 마음에 상처를 내고 20년이 지나도록 지워지지 않 았습니다.

선생님에게 그림을 가져다드리던 제가 지금은 학생들 에게 그림을 받습니다. 선생님이랍시고 교실 앞에서 짐 짓 잘난 체를 하는 제 모습에 웃음이 나옵니다. 제가 선 생님이라니요.

초등학교 미술 시간의 기억 때문일까요, 왠지 모르게 아이들의 마음이 궁금했습니다. 그래서 교육대학원에서 상담 공부를 시작했습니다. 퇴근 후 늦은 시간까지 강 의를 듣는 일은 꽤나 힘들었지만 그럼에도 즐거웠습니 다. 아이들의 마음을 알고 싶어서 공부를 시작했지만 사 실은 저를 더 돌아보고 알게 되었습니다. 아이들의 문제 행동이 반항이 아니라 나도 사랑해달라는 외침이었음을 왜 이제야 알게 되었을까요. 아이들의 목소리를 듣고도 어째서 애써 외면했을까요. 저는 나쁜 선생님은 아니었지만 무심한 선생님이었습니다.

8년 만에 대학원을 졸업했습니다. 남들보다 세 곱절이나 더 걸렸습니다. 공부를 많이 한 것은 아니고 순전히 게으름을 피운 탓입니다. 시간이 오래 걸린 만큼 반성과 고민의 시간도 길었습니다. 그렇지만 그만큼 더 성장했다고 느낍니다.

사회에서 교사를 바라보는 시선이 따갑습니다. 그러나 학교에는 노력하는 선생님들이 정말 많습니다. 선생님들 사이에서는 교육과 관련된 교류가 활발하게 일어납니다. 혁신학교, 전문적 학습공동체, 회복적 생활교육, 학급긍정훈육법PDC, 교사역할훈련TET 등 가깝게는 학교 안에서부터 넓게는 근처 다른 학교와도 의견을 나누며, 전국 단위 규모의 모임과 연구에도 어렵지 않게 참여할 수 있습니다.

그러나 교육은 교사 혼자만의 일이 아닙니다. 한 아이를 가르치는 건 교사와 학교, 사회, 그리고 학부모가 모두 함께 힘을 모아야 하는 일입니다. 교사들 사이에서 교육적 논의는 활발하게 일어나지만 학부모와 이런 논의를 할 기회는 좀처럼 생기지 않습니다. 학교에서 정기적으로 학부모 교육을 주관하기는 하지만 참여율이 저조하고 단순 강의식 교육이라 학부모들에게 그다지 큰 교육적 영감을 주지 못합니다.

자녀 교육서를 읽거나 학부모 강의를 듣는 순간에는 누구나 좋은 부모가 될 것 같은 느낌이 듭니다. 하지만 집에 돌아와 아이를 마주하면 어째서인지 배운 대로 되지 않습니다. 그래서 곧 포기해버리고는 이렇게 변명합니다.

"이론과 현실은 달라."

"말은 쉽지."

책에 쓰인 방법이 아무리 훌륭하다고 한들 결국 그 책

을 쓴 작가만의 방법입니다. 내가 아닌 다른 사람의 교육 방법을 아무런 고민 없이 무작정 따라하려고 하면 나와 맞지 않아 결국 포기하게 됩니다. 자신의 노력이 부정당해 좌절하는 학부모의 모습을 보고 있자니 안타까운 마음이 들었습니다. 그래서 제가 겪었던 교육적 고민의 과정을 학부모도 겪어볼 수 있으면 좋겠다는 생각이 들었습니다.

이 책에는 교육 방법에 대한 정답이 없습니다. 제가 정답을 아는 것도 아니거니와 혹여 정답이라고 해도 다른 사람의 교육 방법을 그대로 따라 하기란 어려운 일입니다. 대신 학부모 상담 경험과 학교에서 겪은 사례를 바탕으로 대중적인 교육학 지식과 정보를 모아 선생님의 말로 옮겨 적었습니다. 선택된 주제는 학부모의 입을 통해 직접 듣기도 하고 때로는 아이들의 입을 통해 전해 듣기도 했습니다.

책을 읽다 보면 새롭게 알게 되는 사실이나 수긍되는

내용도 있겠지만, 의구심이 드는 내용도 있을 것입니다. 이러한 과정이 나에게 맞는 교육 방법을 찾아가는 고민의 과정입니다. 남들이 말해주는 백 가지 교육 방법보다 고민을 통해 깨달은 한 가지 교육 방법이 실천하기도 쉽고 효과도 있을 것입니다.

이 책은 그럴듯한 교육 방법을 알려주는 자녀 교육서가 아닙니다. 그렇다고 충실하게 쓰인 교육학 서적도 아닙니다. 그러니 선생님의 속마음을 훔쳐본다는 느낌으로 가볍게 읽어주시기 바랍니다. 노파심에 일러두자면 이 책에 나온 내용을 맹신하거나 무조건적으로 수용하지는 말기를 부탁드립니다. 조금 욕심을 내본다면 책을 읽으면서 내용에 의문을 가져보고, 내 생각과 비교해보고, 주위 사람들과 토론을 해보면 좋겠습니다. 혼자 고민하는 것보다 함께 고민하면 사고의 폭이 더 넓어집니다. 이렇게 하면 이 책을 통해 나만의 훌륭한 교육 방법을 찾을 수 있을 것입니다.

미술 시간에 한 아이가 저에게 그림을 가져왔습니다.

"선생님, 망한 것 같아요."

제가 답했습니다.

"괜찮아, 예술에 망한 건 없어."

──── 솔직하게 말씀드릴게요 ──── 1부

그게 왜 문제인가요 ——————— 2부

1부

솔직하게 말씀드릴게요

칭찬해주면
잘해요

66 99

새로 산 빨간 니트를 입고 학교에 출근한 날이었습니다. 교실로 가던 길에 도현이를 만났습니다.

"오~ 선생님, 옷이 잘 어울리시네요."

"도현이가 보는 눈이 좀 있네. 고마워."

평소와 다른 옷을 입고 온 선생님이 멋져 보였는지 도현이가 제법 어른스럽게 말을 건넸습니다. 괜히 멋쩍어 장난처럼 대답했지만 기분이 매우 좋았습니다. 오는 정이 있으면 가는 정이 있어야지. 오늘 꼭 도현이를 칭찬해줘야겠다고 마음먹었습니다.

친구의 캐리커처를 그리는 미술 수업이었습니다. 교실을 돌아다니며 아이들의 활동을 살펴보다가 도현이 자리에 발이 닿자 아침에 있었던 일이 떠올랐습니다. 도현이 그림을 슬쩍 보니 친구 얼굴을 제법 그럴듯하게 표현해놓았습니다. 그래서 이렇게 칭찬을 해주었습니다.

"오~ 도현이 그림 잘 그리네!"

그 순간 교실에서 이상한 기운이 느껴졌습니다. 도현이가 먼저 곤란한 표정을 지으며 말했습니다.

"음… 이거 망했는데요."

그림의 모델인 은서는 "제가 이렇게 못생겼어요?" 하며 심술 난 표정을 지었습니다. 뒤쪽에서는 누군가가 "저는요? 제 그림도 봐주세요!"라고 외쳤습니다. 당황스러웠습니다. 칭찬은 고래도 춤추게 한다고 했는데 이게 어찌 된 일일까요. 제가 던진 칭찬 한마디에 교실이 어수선해지고 말았습니다.

제가 한 칭찬이 잘못됐다는 생각이 들어 칭찬과 관련된 여러 연구 자료를 찾아보았습니다. 스탠퍼드 대학 캐럴 드웩Carol S. Dweck 교수와 컬럼비아 대학 연구팀이 뉴욕

시 5학년 학생 400명을 대상으로 한 칭찬 효과 실험에 관한 글이 있더군요.

연구팀은 먼저 동일한 수준인 두 집단 A와 B를 선정하고 아주 쉬운 시험 문제를 냈습니다. 점수가 나오면 아이들에게 한마디씩 칭찬을 해주었습니다. A 집단에는 "너 참 똑똑하구나" 같은 지능에 대한 칭찬을, B 집단에는 "너 참 애썼구나" 같은 노력에 대한 칭찬이었습니다.

두 번째 시험에서는 아이들에게 어려운 시험과 쉬운 시험 중에서 하나를 직접 고를 수 있는 기회를 주었습니다. 지능을 칭찬받은 A 집단은 거의 대부분 쉬운 시험을 고른 반면, 노력을 칭찬받은 B 집단은 90퍼센트가 어려운 시험을 골랐습니다.

세 번째 시험은 아주 어려운 시험이었습니다. 지능을 칭찬받은 A 집단은 시험이 어렵다며 낙담하고 실망했지만, 노력을 칭찬받은 B 집단은 어려운 문제를 기꺼이 풀었고 깊이 있게 몰두했습니다. 심지어 문제를 해결한 아이들도 있었습니다.

마지막 시험은 첫 번째 시험과 같은 난이도의 쉬운 시

험이었습니다. 결과가 흥미롭습니다. 지능을 칭찬받은 A 집단의 성적은 20퍼센트 떨어졌지만, 노력을 칭찬받은 B 집단의 성적은 30퍼센트 올랐습니다.

이 실험을 보면서 '지능이나 결과가 아니라 노력을 칭찬해야겠다'고 다짐했습니다. 사실 여기까지는 그 전에도 한 번쯤은 들어봤을 법한 내용입니다. '결과가 아닌 과정을 칭찬하라'와 비슷한 맥락입니다.

그런데 곧 고민에 빠졌습니다. 노력을 하지 않은 아이에게는 칭찬할 방법이 없었으니까요. 지능이나 결과를 칭찬하든지, 노력이나 과정을 칭찬하든지 결국 칭찬은 잘한 점에 대한 피드백일 수밖에 없습니다. 그래서 칭찬 자체를 두고 진지하게 고민을 해봤습니다. 다음은 칭찬에 대한 책을 여러 권 뒤져보다가 읽게 된 구절입니다.

칭찬한다는 행위에는 '능력이 있는 사람이 능력이 없는 사람에게 내리는 평가'라는 측면이 포함되어 있지.

—《미움받을 용기》, 기시미 이치로·고가 후미타케 지음, 전경아 옮김,

2014년, 226쪽

칭찬은 고래를 춤추게 하지만
아이들을 행복하게 만들지는 않거든요

참으로 건방진 선생이었습니다. 칭찬을 '해준다'는 표현부터가 '너희들보다 뛰어난 선생님이 칭찬이라는 은혜를 베풀어준다'는 전제를 깔고 있으니까요. 칭찬은 '선생님의 칭찬을 듣기 위해서 너는 선생님이 원하는 대로 해야 해'라는 일종의 '갑질'이었습니다.

칭찬은 협력적인 분위기를 해치고 경쟁적인 분위기를 조장할 가능성도 있습니다. 혹시 집에서 한 아이만 칭찬했을 때 다른 아이가 "왜 나는 칭찬 안 해줘요?"라며 토라진 적이 있지 않나요? 선생님이 한 아이만 칭찬한다면 칭찬을 받지 못한 아이는 '나는 쟤보다 못해서 칭찬을 못 받았구나'라고 생각하게 되고, 낙담에 빠지거나 칭찬받은 친구를 시기하고 질투하게 될 것입니다.

식물에게 햇빛과 물이 필요한 것처럼 아이들에게는 격려가 필요하다.

— 루돌프 드라이커스(Rudolf Dreikurs)

저는 마침내 칭찬을 대신할 방법을 찾았습니다. 그것

은 바로 격려였습니다. 격려란 무엇일까요? 격려는 타인에게 용기를 불어넣어 주는 과정입니다. 격려는 능력의 유무에 관계없이 인격적으로 동등한 위치에서 이루어집니다. 또한 격려는 결과보다는 과정에 초점을 둡니다. 따라서 칭찬보다 훨씬 더 다양한 상황에서 폭넓게 사용될 수 있습니다. 한편 격려는 구성원 간의 협조와 공동체에 대한 기여를 강조하기 때문에 집단 안에서 협력적인 분위기를 이끄는 데 도움이 됩니다. 생각해보니 앞선 실험에서 B 집단이 받은 것은 노력에 대한 칭찬이기도 했지만 격려 그 자체였습니다. 저는 지금까지 제가 사용했던 평가적 칭찬을 격려로 바꾸어봤습니다.

넌 무엇이든 잘하는 최고의 학생이야. (칭찬)

→ 노력하는 모습이 보기 좋아. 어떤 선생님이라도 너를 가르치는 걸 즐거워할 거야. (격려)

약속을 지키다니 대단하구나. (칭찬)

→ 약속을 지키려고 노력해줘서 기쁘구나. (격려)

항상 1등을 하는 넌 우수한 학생이야. (칭찬)

→ 이번 시험을 위해 열심히 공부했구나. (격려)

발표 잘했어. (칭찬)

→ 발표 준비를 많이 했구나. (격려)

책장 정리를 정말 잘하는구나. (칭찬)

→ 네가 책장 정리를 해줘서 교실이 깔끔해졌네. (격려)

그림을 정말 잘 그리는구나. (칭찬)

→ 즐겁게 그림 그리는 것 같아 보기 좋네. (격려)

격려하는 선생님이 되기로 마음먹은 다음 날이었습니다. 야구 선수가 꿈인 도현이는 아침에 야구에 관한 책을 읽고 있었습니다. 평소 같았으면 '조용히 책을 읽고 있다니 대단하네' 같은 은혜로운 칭찬을 베풀어줬을지 모릅니다. 하지만 격려하는 선생님이 되기로 마음먹었으니 이렇게 말했습니다.

"도현이는 꿈을 이루기 위해 책을 보고 있구나. 지금 어떤 내용을 읽고 있니?"

도현이는 신이 나서 자기가 좋아하는 선수의 타율과 특징을 줄줄 읊었습니다. 칭찬을 했더라면 어색한 표정으로 "네" 하고 말았을 도현이에게 제대로 된 격려를 한 것 같아 기뻤습니다.

"우리 아이는 칭찬을 받으면 잘하거든요."

학부모 상담을 할 때면 심심찮게 듣는 말입니다. 이 말은 우리 아이에게 칭찬을 해달라는 부탁이기도 하지요. 하지만 선생님의 섣부른 칭찬이 아이들을 불안하게 하지는 않는지 고민해볼 일입니다. 이제부터는 칭찬 대신 격려를 해봅시다. 칭찬은 고래를 춤추게 하지만 아이들을 행복하게 해주지는 않거든요.

알림장

아이들을
이렇게 격려해주세요

- 있는 그대로의 모습만으로도 충분히 괜찮다고 해주세요.

- 아이의 장점을 구체적으로 찾아보세요.

- 아이가 쏟은 노력과 향상된 실력에 집중해주세요.

- 아이가 스스로 성장의 목표를 세우도록 도와주세요.

- 누구나 실수할 수 있음을 알려주세요.

- 아이에게 도움을 구하고 그에 대한 감사를 표현해주세요.

의지가
없어요

6699

초등학교 선생님은 무엇이든지 잘해야 합니다. 교과 지식이 풍부해야 함은 물론 그림, 서예, 종이접기, 장구, 단소, 줄넘기 등등 각종 기술도 연마해야 합니다. 최근에는 코딩을 가르쳐야 해서 연수까지 받았습니다. 학교에서 가르치는 내용을 교대에서 배우기는 하지만 준비 없이 수업을 할 수는 없습니다. 그래서 익숙하지 않은 내용이 나오면 수업 전에 미리 연습을 해야 합니다.

　미술 시간 전에는 먼저 붓글씨도 써보고 종이접기도 해봅니다. 체육 시간 전에는 먼저 줄넘기도 해보고 멀리

뛰기도 해봅니다. 특히 단소 수업 전에는 반드시 연습을 해야 합니다. 리코더 정도는 연습하지 않아도 금방 연주할 수 있지만, 단소는 선생님이 되고 나서도 소리 내기가 제법 어렵습니다. 아이들 앞에서 시범을 보였는데 단소 소리는 안 나고 바람 소리만 나면 아이들 보기가 얼마나 민망한지 모릅니다.

이번 주 실과 수업은 아이들이 처음으로 바느질을 배우는 시간입니다. 제가 어렸을 때는 준비물을 학교 앞 문구점에서 사야 했는데 요즘에는 준비물을 대부분 학교에서 줍니다. 학기 초에 미리 주문한 바느질 용구 세트를 꺼내봅니다. 실, 바늘, 천, 초크, 쪽가위, 단추가 들어 있습니다. 쪽가위가 너무 날카로워 분명 누군가 다칠 것 같습니다. 그래서 쪽가위는 미리 빼놓고 교실에 있는 문구용 가위를 사용하기로 합니다.

수업 내용은 실로 매듭을 짓고 단추를 다는 활동입니다. 그런데 교과서에 나와 있는 매듭짓기 방법이 조금 어려워 보입니다. 그래서 유튜브를 켜고 다른 방법은 없나 찾아봅니다. 마침 더 쉬운 방법이 있습니다. 동영상을 보며 여러 번 연습하니 제법 능숙하게 매듭을 짓게 되었습니다. 마음이 든든합니다. 내친김에 단추 다는 법도 찾아보고 연습합니다.

수업 시간에 처음으로 매듭짓는 방법을 보여줬더니 절반 정도는 모르겠다고 합니다. 할 줄 아는 아이들을 바느질 선생님으로 정하고 못하는 친구들에게 알려주라고 부탁합니다. 저도 부지런히 돌아다니며 일대일로 매듭짓기를 가르칩니다. 얼마 지나지 않아 아이들이 제법 능숙하게 매듭을 짓습니다. 이제 단추를 달 차례입니다.

"단추 달기는 나중에 꼭 필요할 테니까 이번에 잘 배워두세요."

그러자 주원이가 귀찮은 티를 내며 반문합니다.

"세탁소에 맡기면 되는데 꼭 해야 돼요?"

여기서 논쟁을 벌이면 저도 똑같은 수준이 됩니다. 꼭 해야 한다고 간단히 대답하고 단추 다는 법을 설명합니다. 각자 연습을 하라고 일러놓고 저는 교실을 돌아다니며 개별 지도를 합니다. 주원이가 단추 구멍에 바늘을 넣었다 뺐다 하면서 고군분투 중입니다. 바늘을 넘겨받아 어떻게 하는지 일러주자 주원이가 시큰둥한 표정으로 답합니다.

"하기 싫은데… 꼭 해야 돼요?"

주원이는 이번에만 그러는 게 아닙니다. 제가 야심차게 준비한 재미있는 활동에도 별다른 반응을 보이지 않고, 매사에 의욕이 없습니다. 자주 하는 말은 "왜요?", "몰라요", "싫어요"입니다. 주원이가 어째서 무력감을 보이는지 궁금했습니다. 그래서 주원이를 무력감에서 빠져나오게 하기 위한 계획을 세워보았습니다.

도움을 받은 이론은 매슬로Abraham Harold Maslow의 욕구 단계 이론입니다. 욕구는 영어로 'needs'를 뜻합니다. '필요한 것' 정도로 이해하면 쉽습니다. 매슬로는 사람은 욕구를 충족하기 위해서 행동하는 존재라고 말했습니다. 그래서 우리는 욕구가 충족되지 않으면 긴장과 불안을 겪게 됩니다. 욕구는 총 다섯 가지가 있습니다.

생리적 욕구는 생존에 관련된 본능과 유사한 개념입니다. 식욕, 수면욕, 성욕 같은 것들입니다. 다섯 가지 욕구 가운데 생리적 욕구는 가장 강력한 욕구입니다. 그래

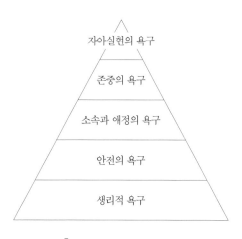

「 매슬로의 욕구 5단계 」

서 생리적 욕구가 충족되어야 더 높은 수준의 욕구가 출현합니다.

안전의 욕구는 예측 가능한 환경을 바라는 욕구, 불안과 공포로부터 벗어나고픈 욕구입니다. 엄마가 없을 때 아이가 우는 것이 대표적인 사례입니다.

소속과 애정의 욕구는 타인과 원만한 관계를 맺고, 집단에 소속되려고 하는 욕구입니다. 이 욕구를 충족시키려면 사랑을 받는 것은 물론 사랑을 주는 것도 필요합니다. 이 욕구가 충족되지 않으면 고독감, 소외감, 우울을 경험하게 됩니다.

존중의 욕구는 자기 스스로 존중받으려는 욕구와, 다른 사람들로부터 존중받으려는 욕구로 나뉩니다. 전자는 자기가 스스로 가치 있고 중요한 사람이라고 인정할 때 충족되는 욕구입니다. 후자는 사회적인 지위, 인정, 관심 등을 향한 욕구입니다. 존중의 욕구가 충족되면 자신감을 갖게 되고, 자기존중감이 높아지며, 자신이 이 세상에 유용한 사람이라고 인식하게 됩니다. 반면 이 욕구가 충족되지 않으면 열등감, 무력감, 좌절감, 자기비하 등을 겪게 됩니다.

자아실현의 욕구는 자기 자신이 성취할 수 있는 모든 것을 실현하려는 욕구입니다. 이 욕구는 자기 증진을 위한 갈망이며, 잠재력을 실현하려는 욕망입니다. 자아실현의 욕구를 가진 사람은 능력, 재능, 잠재력을 충분히 발휘하기 위해 노력합니다.

주목할 만한 내용은 하위 단계의 욕구가 충족되지 않으면 상위 단계의 욕구는 나타나지 않는다는 점입니다.

가령 당장 먹을 게 없는데 존중받고 싶을 사람이 있을까요? 꿈을 이루기 위해 노력할 사람이 있을까요? 생리적 욕구가 충족되지 않는 상황에서 존중의 욕구나 자아실현의 욕구는 느낄 수 없습니다.

저는 이 이론을 주원이에게 대입해봤습니다. 주원이는 가정의 경제적 상황이 넉넉한 편입니다. 그래서 생리적 욕구나 안전의 욕구는 충족되었으리라 생각했습니다. 또한 학교에서 교우 관계도 원만한 편입니다. 사회성 측정 검사를 했을 때 주원이는 높은 점수를 받았습니다. 친구들이 주원이를 좋아한다는 의미입니다. 주원이 부모님도 주원이의 교육에 관심이 많습니다. 학부모 상담을 할 때는 두 분이 모두 학교에 오실 정도였습니다. 그래서 소속과 애정의 욕구도 충족되리라 판단했습니다.

저는 주원이가 존중의 욕구가 충족되지 못한 건 아닐까 생각했습니다. 그래서 그럴 때 나타나는 무력감을 보이고 있지 않나 하는 생각이 들었거든요. 그래서 저는 주원이에게 존중받을 수 있는 기회를 제공해주기로 했습니다.

부모의 역할은 의지가 없다며
잔소리를 하는 것이 아니라
의지가 생기도록 아이의 욕구를
충족시켜주는 것입니다

수학 시간에는 주원이가 풀 수 있을 만한 수학 문제를 칠판에 적어두고 앞으로 나와 풀어보도록 시켰습니다. 글씨를 바르게 쓰는 모습을 보고 주원이는 글씨를 또박또박 쓴다며 주원이 공책을 다른 친구들에게 보여주기도 했습니다. 주원이가 그림을 그리면 창의적으로 표현한 부분을 찾아 말을 건넸습니다.

효과는 금방 나타났습니다. 국어 수업 전에 국어사전을 옮길 사람이 필요해서 "국어사전 옮길 사람!" 하고 소리쳤을 때였습니다. 몇몇 아이들이 손을 들었는데, 놀랍게도 그중에는 주원이도 있었습니다.

평소 같았으면 일부러 부탁을 해도 핑계를 대며 내빼거나 도와주겠다는 친구들에게 "귀찮은데 그런 거 왜 해?"라며 핀잔을 주었을 터입니다. 하지만 오늘은 "저요!" 하며 가장 먼저 손을 들었습니다. 그 후로도 주원이는 수업 시간에 "꼭 해야 돼요?"라고 투덜대는 대신 활동에도 열심히 참여하고 결과물도 은근히 제 눈에 보이게 내놓았습니다. 제가 생각한 교육적 처방이 적중한 셈입니다.

우리 아이가 의지가 없다고 걱정하는 학부모들이 많습니다. 그래서 밖에 나가 놀라고 등을 떠밀기도 하고 공부 좀 하라며 잔소리를 하기도 합니다. 하지만 아무리 혼을 내도 아이에게는 부모님의 말이 가슴에 와닿지 않습니다. 중요한 것은 아이에게 필요한 욕구를 알아차리고 충족시켜주는 것입니다.

엄하게 혼을 내는 부모가 있어 집에서 편안하지 않고 불안과 공포를 느끼는 아이에게는 안전의 욕구가 충족될 수 없습니다. 안전의 욕구가 충족되지 못하는데 존중받기 위해 혹은 자아실현을 하기 위해 스스로 공부할 리는 없습니다. 이런 상황에 공부를 안 한다고 잔소리를 하는 건 불안과 공포를 가중해 오히려 안전의 욕구가 충족되는 데 악영향을 미칩니다.

가족이 서로 데면데면하고 친한 친구도 없어 소속과 애정의 욕구가 충족되지 못한 아이가 자기 꿈을 위해 노력할 리는 없습니다. 이럴 때 꿈을 가지라며 조언해봤자 마음에 와닿지 않습니다.

욕구 수준이 높을수록 심리적으로 건강한 사람입니

다. 단지 먹고살기 위해서가 아니라 나의 꿈을 실현하려고 노력하는 사람이 더 풍부한 삶을 살 수 있습니다. 부모의 역할은 의지가 없다며 잔소리를 하는 것이 아니라 의지가 생기도록 아이의 욕구를 충족시켜주는 것입니다. 우리 아이의 욕구 수준은 몇 단계인가요?

100점 맞을 때마다
용돈을 주거든요

❝ ❞

과학 시험을 보는 날이었습니다. 시험을 본다고 하니 모든 아이들이 "아~" 하고 탄식을 내뱉었습니다. 그런데 딱 한 명, 하준이만 "아싸!" 하고 외치더니 재빨리 시험 볼 준비를 하더군요. 그 모습이 조금 의아했는데 이튿날 그 이유를 알 수 있었습니다.

이튿날 아침, 하준이는 등교하자마자 교탁으로 뛰어와서 물었습니다.

"어제 시험 결과 나왔어요?"

"그래, 조금 이따가 나눠줄 거야."

"저 몇 점 나왔어요?"

"글쎄, 시험지를 봐야 알 것 같은데….'"

"저만 몇 점인지 먼저 알려주시면 안 돼요?"

유독 점수를 알려달라고 조르는 하준이에게 어째서 점수를 알고 싶으냐고 물어보니 이렇게 대답합니다.

"100점 맞으면 아빠가 용돈을 5,000원 주시거든요."

그 말을 들으니 어째서 하준이가 그렇게 시험을 반겼는지, 학교에 오자마자 왜 그리 점수를 알려달라며 선생님을 채근했는지 이해가 됐습니다. 하준이는 어젯밤 내내 자기 시험 점수가 얼마나 궁금했을까요.

시험지를 나눠줄 때 보니 하준이는 안타깝게도 한 문제를 틀렸습니다. 사실 완전히 틀린 답안은 아니라 부분 점수를 받았기 때문에 어쩌면 틀렸다고 보기에도 애매한 상황이었지요. 교탁에 나와 시험지를 받아든 하준이는 그 자리에 서서 시험지를 재빨리 넘겨보더니 애처로운 눈으로 저를 바라봤습니다.

"이거 세모는 틀린 거 아니죠?"

"완전히 틀린 건 아닌데 그 부분은 다시 공부해야 할

것 같아."

"그럼 100점인가요?"

"100점은 아니지 않을까?"

저는 특별한 경우를 제외하고는 시험지에 100점 만점으로 환산된 점수를 적어주지 않습니다. 하준이는 자기 점수가 100점이냐며 저에게 몇 번이나 확인하더니 곧 100점이 될 수 없다는 사실을 깨달았는지 어깨를 축 늘어뜨렸습니다.

"다음 시험은 더 쉽게 내주세요."

힘없이 자리로 돌아가는 하준이의 뒷모습이 참으로 안타까워 보였습니다. 그 모습을 보니 이야기 하나가 떠올랐습니다.

어느 노인이 사는 집 뒷마당에는 넓은 공터가 있었는데, 그곳에는 매일 동네 아이들이 공놀이를 하러 놀러오곤 했다. 노인은 조용히 지내기를 원했지만, 아이들이 공놀이하는 소리가 너무 시끄러워서 하루하루가 고통스러웠다. 몇 번 아이들에게 주의를 준 적도 있었지만, 효과가 없었다. 아이들은 공놀이에 푹 빠져 노인의 잔소리는 한 귀로 듣고 한 귀로 흘려버렸다. 노인은 고민하다가 마침내 좋은 아이디어를 생각해냈다. 이튿날 노인은 뒷마당 공터로 나가 아이들에게 이야기했다.

"오늘부터 이곳에서 공놀이를 하면 1,000원을 주마."

그러고는 아이들에게 1,000원씩 주었다. 아이들은 그 이튿날에도 공놀이를 하러 왔다. 노인은 미소를 지으며 공터로 나와 아이들에게 500원씩 주면서 말했다.

"오늘은 500원밖에 주지 못하겠구나."

아이들은 그래도 여전히 만족한 듯한 표정을 지었다. 그 이튿날에도 아이들은 다시 공놀이를 하면서 노인을 기다렸다. 얼마 후 노인이 나와 아이들에게 100원씩 주었다. 한 아이가 "오늘은 왜 100원만 주세요?"라고 물었다.

"오늘은 형편이 별로 좋지 않단다. 100원이라도 가져가든지 아니면 그냥 가렴."

"우리가 단돈 100원에 이렇게 공터에 와서 뛰어다니며 공차기를 하겠어요?"

아이들은 그 이튿날부터 공터에 나타나지 않았다.

자신이 하는 일을 그저 금전적 보상을 얻기 위한 도구로 여기면 그 일 자체에 대한 흥미가 떨어집니다. 단지 이 이야기에서만이 아닙니다. 이는 심리학자 에드워드 데시Edward L. Deci와 리처드 라이언Richard Ryan의 동기와 보상에 관한 심리 실험을 비롯해 이미 여러 심리학자들에 의해서 어느 정도 입증된 연구입니다.

동기는 행동의 원인이 내부에 존재하는지 외부에 존재하는지에 따라 내재적 동기와 외재적 동기로 구분합니다. 내재적 동기는 행동 자체를 목적으로 하는 동기를 뜻합니다. 성취감, 유능감, 도전 정신, 호기심, 흥미, 즐거움 등으로 인해 행동한다면 이는 내재적 동기과 관련이 있습니다. 외재적 동기는 어떤 목적을 달성하기 위한 수단으로 행동하려는 동기를 뜻합니다. 금전적인 보상을 얻으려고, 칭찬이나 인정을 받으려고, 진학이나 취업 또는 승진 등을 하려고 행동한다면 이는 외재적 동기와 관련이 있습니다. 예를 들어 어려운 수학 문제를 풀었을 때 성취감을 느껴서 공부를 한다면 내재적 동기에 따른 행동입니다. 반면 수학 문제를 풀 때마다 용돈을 받기 때문이라면 외재적 동기에 의해 공부를 하는 것입니다.

둘 중에 어떤 동기가 바람직할까요? 어쩐지 외재적 동기보다 내재적 동기가 중요하게 느껴집니다. 하지만 가장 좋은 방향은 둘 다 높은 상태입니다. 공부에 재미를 느끼면서도 높은 성적을 받기 위해 공부를 열심히 하는 경우가 가장 효과적입니다.

만약 내재적 동기가 없다면 외재적 동기라도 있는 편이 좋습니다. 공부를 아예 안하는 것보다는 용돈을 받기 위해서라도 공부를 열심히 하는 것이 그나마 낫습니다. 하지만 내재적 동기를 키워주지 않고 외재적 동기만 앞세우는 것은 임시방편에 불과합니다. 내재적 동기는 지속적일 수 있지만 외재적 동기는 외적 보상이 없으면 사라지기 때문입니다.

"노력하는 사람은 즐기는 사람을 이기지 못한다"는 말이 있습니다. 노력은 무언가를 성취하기 위한 활동입니다. 노력하는 사람은 외재적 동기를, 즐기는 사람은 내재적 동기를 가진 이들을 가리킵니다. 이는 학업 성취와 관련된 연구에서 여실히 드러납니다. 공부에 즐거움을 느끼는 아이들이 학업 성취 수준이 높다는 사실은 여러 연구 보고서에서 확인되었습니다.

한 보고서에 따르면, 공부에 즐거움을 느끼는 경향은 특수목적고에서 두드러지게 나타났습니다. 공부에서 느끼는 즐거움은 5점 만점으로 환산했을 때 과학고(4.00점), 외국어고(3.30점), 마이스터고(3.15점), 일반고(2.95점), 특성화고(2.84점) 순으로 많았습니다. 또한 내신 성적도 공부에 즐거움을 느끼는 학생 집단은 3.99등급, 그렇지 않은 학생 집단은 4.91등급으로 한 등급 정도 차이가 났습니다. 이 보고서를 통해 공부에 즐거움을 느끼는 학생이 학업 성취 수준도 높다는 사실을 알 수 있습니다(〈우리나라 고등학생의 학습동기와 학습전략, 학업성과〉, KRIVET Issue Brief 제153호).

안타까운 점은 아이들은 자랄수록 내재적 동기가 줄어든다는 사실입니다. 원인은 학교나 가정에서 어른들이 내재적 동기보다 외재적 동기를 강조하기 때문입니다. 공부가 재미있었는지보다 몇 점을 받았는지에 관심을 갖고, 결과에 따라 보상을 지급하는 경우가 많습니다.

자신이 하는 일을
그저 금전적 보상을 얻기 위한
도구로 여기면 그 일 자체에 대한
흥미가 떨어집니다

점수나 등수는 외재적 동기에 해당합니다. 높은 성적을 받은 아이는 성공한 것처럼 취급하고 그렇지 않은 아이는 실패한 것처럼 취급합니다. 이런 상황에서 아이들은 자연스럽게 내재적 동기가 감소하고 외재적 동기가 증가합니다. 외재적 동기가 습관화되면 내재적 동기를 키우기가 어렵습니다. 그래서 결과에 따른 보상은 신중히 결정할 문제입니다.

"공부 잘하는 비법이 궁금한 사람?"

수업 자투리 시간에 이렇게 운을 띄웠더니 아이들 모두가 손을 번쩍 듭니다. 그래서 동기 이론과 동기와 관련된 실험을 쉽게 풀어서 설명해주었습니다.

"보상을 바라며 공부를 하는 것보다 공부 자체를 즐기는 사람이 공부를 잘하게 된단다."

며칠 뒤 사회 시험이 있었습니다. 이번에도 100점을 받지 못했는지 하준이가 "5,000원이 날아갔어!" 하고 외칩니다.

"하준아, 공부를 잘하는 사람은…."

막 잔소리를 늘어놓으려는데 하준이가 능청스러운 표

정으로 팔로 자기 자신을 감싸 안으며 말합니다.

"아아, 괜찮아. 나는 공부를 즐거워하는 사람이니까 이 정도면 잘했어."

머리는 좋은데
노력을 안 해요

66 99

학기 초에 전학을 온 수호는 축구를 굉장히 잘하는 아이입니다. 다른 학교 축구부 감독님이 자기 학교 축구부에 들어와 달라고 한동안 찾아오기도 할 정도였으니까요. 축구 경기를 할 때 수호가 속한 팀은 대부분 경기에서 이겼습니다. 수호는 축구뿐만 아니라 모든 운동 실력이 뛰어났습니다.

높이뛰기를 배우는 체육 시간이었습니다. 막대를 감싸 안으며 뛰어넘는 엎드려뛰기와, 다리를 벌려 뛰어넘는 가위뛰기는 그런대로 할 만했습니다. 그런데 등 쪽으로 막대를 넘는 배면뛰기는 자신이 없었습니다. 교대에서 배우기는 했지만 오래전 일이라 잘못하면 아이들 앞에서 창피만 당할 수도 있었습니다. 그래서 수업하기 며칠 전에 미리 강당에 매트와 막대를 설치해놓고 혼자 높이뛰기 연습을 했습니다. 왼손잡이인 아이들에게는 반대로 설명을 해야 하기 때문에 방향을 바꿔가며 연습을 했습니다. 미리 설치한 매트 밖으로 떨어지기도 하면서 아이들이 다치지 않게 여분의 매트를 설치할 범위도 정했습니다.

대망의 체육 시간이 다가왔습니다. 아이들 앞에서는 의연하게 설명을 했지만 막상 시범을 보이려고 출발선 앞에 서니 가슴이 쿵쾅거렸습니다. 잘못해서 막대에 걸리기라도 하면 "와하하" 하고 웃음이 터질 것이며, '선생님이 높이뛰기를 하다가 걸려서 넘어졌다'는 소문이 날 게 뻔합니다.

스텝을 하나씩 밟아가며 도움닫기를 했습니다. 몸이 붕 뜨더니 이내 등으로 푹신한 매트의 감촉이 느껴집니다. 눈을 떠보니 아이들이 "우와" 하며 박수갈채를 보냅니다. 다행히 무사히 넘은 것 같습니다. 양팔을 번쩍 들어 환호하고 싶은 마음을 억누르고 별것 아니라는 듯 무심한 표정을 지으며 매트에서 내려왔습니다.

"친구들 앞에서 한번 시범을 보일 사람 있나요?"

서로 눈치만 보는 아이들 사이로 수호가 손을 번쩍 듭니다. 전에 해본 적 있냐는 물음에 한 번도 해보지는 않았지만 할 수 있을 것 같다고 답합니다. 몇 가지 주의 사항을 일러주고 막대를 넘어보라고 했습니다.

수호가 높이뛰기를 하던 그 장면이 아직도 생생히 떠오릅니다. 수호는 마치 높이뛰기 선수라도 된 듯 정확한 자세로 막대를 뛰어넘었습니다. 도움닫기부터 착지까지 어디 하나 흠 잡을 데가 없었습니다. 높이뛰기를 처음으로 해본다는 수호의 말을 믿기 어려울 정도였습니다.

체육 수업이 끝나고 교실로 돌아가는 길에 수호와 함께 걷게 되었습니다.

"수호야, 아까 높이뛰기 자세는 정말 완벽했어. 선생님보다 더 잘하던걸?"

그런데 예상치 못한 반응이 돌아왔습니다.

"코치님이 저는 머리가 나빠서 운동이라도 잘해야 된대요."

수호가 학업 성적이 낮기는 하지만 본인 입으로 자기 머리가 나쁘다는 말을 하는 모습을 보니 안쓰러운 마음이 들었습니다.

머리가 좋다, 나쁘다 할 때 사람들은 흔히 지능이나 아이큐IQ를 떠올립니다. 'IQ'는 'Intelligence Quotient'의 약자로 지능지수라는 의미입니다. 하지만 지능과 아이큐는 동일한 개념이 아닙니다. 아이큐는 지능을 표시하는 하나의 지표에 불과합니다. 여전히 지능의 정의에 대해 많은 학자들 사이에 이견이 있습니다. 당연히 지능을 완벽히 측정할 수 있는 검사도 존재하지 않습니다.

지능지수는 지능검사에서 몇 개의 문항에 정답을 맞혔는지를 기준으로 판단한 수치입니다. 현재 시행되는 지능검사들은 언어능력, 수리력, 공간관계 능력, 유추 능력과 같이 비교적 한정된 능력을 측정합니다. 인간관계 기술, 심미적 능력, 창의력과 같은 건 지능검사로는 파악하기 어렵습니다.

학업 성적이 낮은 수호는 정말로 머리가 나쁜 걸까요? 여기에서는 지능에 관한 새로운 접근 가운데 하워드 가드너Howard Gardner의 다중지능 이론을 소개해드리려고 합니다. 다중지능 이론에서는 지능이 하나의 능력이 아니라 여러 개의 독립된 능력으로 구성되어 있다고 설명합니다.

언어 지능은 말이나 글을 사용하고 표현하는 능력입니다. 외국어를 습득하는 능력도 포함되는데, 이는 나이가 들수록 향상된다고 보았습니다. 언어 지능이 높은 사람에게 어울리는 직업으로는 시인, 연설가, 교사가 있습니다.

논리수학 지능은 숫자나 기호, 상징체계 등을 습득하고 논리적·수학적으로 사고하는 능력을 가리킵니다. 논리적 추론이나 숫자 간의 관계를 파악하는 능력과 연관되어 있습니다. 이것은 기존의 아이큐가 주로 초점을 두었던 영역입니다. 그래서 보통 아이큐가 높다는 것은 논리수학 지능이 높음을 의미합니다. 직업으로 보면 수학자, 과학자가 있습니다.

공간 지능은 그림이나 지도, 입체 설계 등 공간과 관련된 상징들을 학습하는 능력입니다. 시각적 기억력, 공간의 시각화와 같은 능력과도 관련이 있습니다. 공간 지능이 높은 사람에게 어울리는 직업으로는 예술가, 항해사, 기술자, 건축가, 외과 의사가 있습니다.

신체운동 지능은 목적에 맞게 신체의 다양한 부분을 움직이고 통제하는 능력입니다. 무용이나 운동에 뛰어난 사람만이 아니라 일상생활에서 균형 감각이 좋거나 손의 움직임이 섬세한 사람도 신체운동 지능이 높은 사람입니다. 직업으로 보면 무용가, 운동선수, 공예가, 배우가 있습니다.

음악 지능은 화성, 음계와 같은 음악적 요소와 다양한 소리를 파악하고 표현하는 능력입니다. 음악 지능이 높은 사람에게 어울리는 직업으로는 음악가, 작곡가가 있습니다.

대인관계 지능은 다른 사람들의 기분이나 생각, 감정, 태도 등을 파악하고 이해하며, 적절하게 반응하고 교류하며 공감하는 능력입니다. 대인관계 지능이 높은 사람에게 어울리는 직업으로는 정치가, 종교인, 사업가, 행정가, 교사가 있습니다.

자기이해 지능은 자신의 성격이나 성향, 신념, 기분 등을 성찰하고, 자신의 내적 문제를 해결하는 능력입니다. 자기이해 지능이 높은 사람에게 어울리는 직업으로는 소설가, 심리학자가 있습니다.

자연친화 지능은 자연을 분석하고 동식물과 상호작용을 하는 능력입니다. 이 지능이 높을 경우 자연에 관심이 많고 동식물과 함께하는 활동을 선호하거나 다양한 동식물에 해박한 지식을 가지고 있습니다. 자연친화 지능이 높은 사람에게 어울리는 직업으로는 동물행동학자, 지리학자, 탐험가가 있습니다.

실존 지능은 영성, 삶의 의미, 희로애락, 인간의 본성, 삶과 죽음과 같은 실존적 문제를 고민하고 사고하는 것과 관련된 지능입니다. 실존 지능이 높은 사람에게 어울리는 직업으로는 종교인, 철학자가 있습니다.

다중지능 이론에서는 모든 지능의 중요성이 같다고 봅니다. 언어 지능이나 논리수학 지능이 음악 지능이나 신체운동 지능보다 더 중요한 것은 아니라는 말입니다. 하지만 우리는 언어 지능이나 논리수학 지능이 뛰어난 아이만 똑똑한 아이라고 부릅니다.

수호는 종이접기를 하거나 세밀한 그림을 그리는 데에도 뛰어난 재능을 보였습니다. 운동을 잘하는 점이나 손재주가 뛰어난 점을 보면 수호는 확실히 신체운동 지능이 높은 아이입니다. 하지만 전통적인 지능의 관점에서 학업 성적이 높지 않은 수호는 여전히 머리가 나쁜 아이가 되고 맙니다.

우리가 이제껏 언어 지능, 논리수학 지능에만 관심을 가진 건 아니었는지요. 애초에 다른 지능이 더 뛰어난 아이에게 노력을 안 한다며 잔소리를 한 건 아니었는지요. 우리 아이가 어떤 지능에 강점을 보이는지 찾아봅시다. 여러 지능 중에 우리 아이가 가장 뛰어난 지능이 분명 있습니다. 교사와 부모의 역할은 언어 지능과 논리수학 지능을 강요하는 것이 아닌, 우리 아이에게 높은 지능을 찾아주고 이를 키워주는 것입니다.

집에서
공부를 안 해요

❝ ❞

초등학교 선생님이 되면 잔소리꾼이 됩니다. 교실 바닥에 떨어진 쓰레기는 제 눈에만 보이나 봅니다. 먼지가 둥둥 떠다니는 게 다 보일 정도인데 아이들은 창문도 꼭 닫고 교실에서 뛰어노느라 정신이 없습니다. 급식실에서는 어찌나 떠들면서 밥을 먹는지 아이들의 입속에서 밥알이 튀어나오는 게 슬로모션으로 보입니다.

아이들에게 선생님이 가장 많이 하는 잔소리가 무엇이냐고 물어보니 "조용히 좀 해라"라고 답하더군요. 생각해보니 '이러다가 청력에 문제가 생기는 건 아닐까'

하는 걱정이 들 정도로 교실이 소란스러웠던 적이 얼마나 많았는지 모릅니다. 그때마다 제가 조용히 좀 하라고 잔소리를 했던 모양입니다.

그럼 부모님이 가장 많이 하시는 잔소리가 무엇이냐고 물으니 한결같이 "공부 좀 해라"를 꼽았습니다. 실제로 학부모 상담을 하다 보면 이런 말을 하시는 분이 많습니다.

"우리 애가 집에서 공부를 안 해요."

"아이가 집에서 어떻게 하면 좋으시겠어요?"

"제가 많은 걸 바라는 건 아니에요. 집에 오면 숙제도 미리 해놓고 예습, 복습도 좀 하고 학교 갈 준비도 마친 다음 놀아야 되는데 자기 할 일은 하지도 않고 그냥 놀려고만 한다니까요."

이런 말을 들으면 마음속으로 생각합니다.

'정말 많은 걸 바라시는군요.'

학교 수업은 재미있을 때도 있지만 지루할 때도 있습니다. 활동적인 수업이라면 아이들은 시간 가는 줄 모르고 즐겁게 수업에 참여합니다. 하지만 지루한 수업 시간은 그야말로 고문입니다. 교실 앞에서 선생님이 지키고 서 있으니 허튼짓을 할 수도 없습니다. 자리에 가만히 앉아서 공부를 하는 아이들을 보면 문득 안쓰러운 느낌이 듭니다. 저는 선생이랍시고 수업 시간에 마음대로 돌아다니고 하고 싶은 말이 있으면 마음대로 합니다. 하지만 아이들은 의자에 꼼짝없이 앉아 있어야 하고 말을 할 때 허락을 받아야 합니다. 참으로 불공평합니다. 학교에서 겨우 벗어나 집으로 돌아왔는데 또 꼼짝없이 책상 앞에 앉아 있어야 한다니 끔찍합니다.

누구나 우리 아이가 공부를 잘하기를 바랍니다. 그래서 지원을 아끼지 않습니다. 부모의 지원은 대개 지식을 주입하는 방향으로 이루어집니다. 책을 읽게 하고 학원에 보냅니다. 숙제를 다 했는지 검사하고 예습, 복습도 시킵니다. 하지만 지식을 주입하려는 부모의 지원은 근본적인 도움이 될 수 없습니다.

성적이 낮은 학생의 문제집을 보면 앞부분만 까맣습니다. 공부를 하기로 마음먹으면 항상 처음부터 공부를 시작합니다. 그러다 지치면 중간에 그만둡니다. 나중에 다시 공부를 할 의욕이 생기면 다시 맨 앞 장부터 펼칩니다. 그러니 공부를 잘할 수가 없습니다.

성적이 높은 학생들은 공통점이 있습니다. 바로 메타인지가 높다는 것입니다. 메타인지는 자신의 인지 과정을 자각해서 스스로 문제를 해결하는 능력을 의미합니다. 쉽게 풀어보면 '내가 무엇을 알고 무엇을 모르는지'를 아는 것입니다.

메타인지가 낮은 학생이 공부를 하는 과정은 다음과 같습니다.

문제집 앞부분을 펼친다. → 막연히 문제를 푼다. → 어려운 문제는 답안지를 찾아본다. → 헛생각을 한다. → 방 청소를 한다. → 다음을 기약한다.

반면 메타인지가 높은 학생은 이렇게 공부를 합니다.

학습 목표를 정한다. → 효과적인 방법을 생각한다. → 중요한 공식에 주의한다. → 지금 헛생각을 하고 있다는 사실을 깨닫는다. → 다시 공부에 집중한다. → 개념을 정확히 모른다는 사실을 자각한다. → 개념을 다시 공부한다. → 개념을 알았다는 사실을 인지한다. → 학습한 개념을 적용해본다. → 시험을 통해 자신이 제대로 공부했는지 확인한다.

메타인지가 높은 학생은 공부를 할 때 무작정 하지 않습니다. 무엇을 공부해야 할지, 어떻게 공부할지 미리 계획부터 세웁니다. 공부를 하면서도 내가 알고 있는 것과 모르는 것을 인식하고, 아는 내용은 심화 학습에 들어가고 모르는 내용은 개념부터 파고듭니다. 무작정 앞에서부터 공부를 하는 학생과는 차이가 있습니다. 어떤 학생들이 메타인지가 높을까요? 메타인지가 높은 아이들이 보이는 특징이 있습니다. 바로 설명을 자주 한다는 점입니다.

세상에는 두 종류의 지식이 있습니다. 첫 번째는 내가 알고 있다는 느낌은 있는데 설명할 순 없는 지식이고, 두 번째는 내가 알고 있다는 느낌에 그치는 게 아니라 남들에게 설명도 할 수 있는 지식입니다. 두 번째 지식만 진짜 지식이며 내가 쓸 수 있는 지식입니다.

시험을 보기 전 친구들끼리 서로 문제를 내면서, 혹은 친구에게 설명을 해주면서 나도 공부가 되었던 경험이 있으실 겁니다. 설명하기는 메타인지를 키울 수 있는 좋은 방법입니다. 이를 적극적으로 활용한 교육 방법이 있습니다. 바로 하브루타havruta입니다. 하브루타는 짝을 이뤄 서로 질문을 주고받으면서 공부한 것에 대해 논쟁하는 유대인의 전통적인 토론 교육 방법입니다. 최근에는 하브루타를 교실에서 적용하는 선생님들도 많습니다.

〈영재발굴단〉이라는 텔레비전 프로그램에 나온 이야기입니다. 희웅이는 여덟 살 화학 영재입니다. 118개의 원소를 줄줄 읊을 수 있을 뿐만 아니라 원소 하나하나에 대한 개념과 특징까지 설명할 수 있습니다. 희웅이 어머니는 희웅이를 위해 원소와 관련된 책을 찾아줍니다. 책은 비싼 편이라 주로 도서관에서 빌려 봅니다. 책을 다 읽고 나면 희웅이는 새로 알게 된 내용을 엄마에게 이야기하며 정리하는 습관이 있습니다. 보통 사람은 들어도 모를 원소의 개념을 희웅이 어머니는 한 시간이 넘도록 눈을 맞추고 집중하며 끝까지 들어줍니다. 어머니의 말이 인상적입니다.

"해줄 수 있는 게 없다 보니까 잘 들어주기라도 해줘야죠."

희웅이 어머니뿐만 아니라 희웅이 아버지도 그렇습니다. 부모님의 모습에 희웅이는 이렇게 화답합니다.

"제가 공부하는 것을 엄마, 아빠가 같이 알고 계시니까요, 마음이 든든해져서 공부에 더 집중을 더 잘할 수 있게 돼요."

여기까지 보면 자녀의 이야기를 잘 들어주는 부모의 모습입니다. 그런데 반전이 있습니다. 희웅이 부모님은 두 분 모두 청각장애인입니다.

당연히 희웅이는 영재 검사에서 최상위 점수를 얻었습니다. 흥미로운 사실은 희웅이 부모님 또한 양육 태도에 대한 검사에서 모두 최상위를 기록했다는 점입니다. 지지 표현 항목에서 희웅이 어머니는 프로그램 사상 가장 높은 점수인 100점을 기록하기도 했습니다.

"교육의 질은 교사의 수준을 뛰어넘지 못한다."

훌륭한 교육은 훌륭한 선생님으로부터 시작한다는 교육계의 격언입니다. 이 말은 비단 선생님에게만 해당하는 말이 아닙니다.

"자녀 교육의 질은 부모의 수준을 뛰어넘지 못한다."

공부하라는 잔소리는 어쩌면 아이들이 아닌 부모와 교사가 들어야 할지도 모르겠습니다.

학원에서
중학교 과정까지
끝냈어요

66 99

학교에 상담을 하러 오셔서 저에게 학원 상담을 하시는 분이 적지 않습니다. 남들은 어디까지 한다는데 우리 아이만 뒤처진 건 아닌지, 유명한 학원에 보내는 게 도움이 될지 여쭤보십니다. 학교 선생님에게 학원에 대해서 물어보는 게 조금 이상해 보이기도 하지만 자녀 교육에 도움을 청하는 것은 학교 선생님을 신뢰하고 있다는 의미이므로 기분이 나쁘진 않습니다.

시우는 소위 말하는 부진아였습니다. 특히 수학은 심각한 수준이었는데 5학년인 시우는 3학년 때 배우는 나

늦셈도 자주 틀렸습니다. 학교에서 진행하는 부진아 지도 프로그램에 참여하라고 안내장을 나누어주었는데 학교가 아닌 학원에서 공부를 하겠다며 신청을 하지 않았습니다. 그 뒤로 수학 학원을 꾸준히 다닌다는데 시우의 실력은 전혀 나아지지 않았습니다.

"시우야, 수학 학원 계속 다니고 있어?"

"네."

"지금 어디 배우니?"

"중학교 1학년 꺼요."

기가 막혔습니다. 지금 학교에서 배우는 내용은커녕 초등학교 3학년 내용도 어려워하는 시우가 중학교 1학년 과정을 배우고 있다는 겁니다. 그래서 그날 오후 시우 부모님에게 전화를 걸었습니다. 오지랖이 넓은 게 아닌가 싶기도 했지만 도저히 이건 아니라는 생각이 들었습니다.

"시우가 학원에서 중학교 1학년 과정을 배우고 있다고 해서요."

"학원에서 초등학교 때 중학교 과정을 끝내야 된다고

하던데요. 중학교 내용을 배우면 초등학교 내용은 자연스럽게 알 수 있다고요."

학교에서 성적이 부진해 관리 대상인 학생들 중에서도 학원에서 선행 학습을 하는 아이들이 있습니다. 이런 아이들을 볼 때마다 안타까운 마음이 듭니다. 아이들의 말을 들어보면 선행 학습을 일종의 계급장처럼 여기는 것 같습니다. 자신이 제대로 배웠는지와는 무관하게 지금 5학년이지만 중학교 과정, 혹은 고등학교 과정을 배우고 있다는 사실 그 자체만으로 은근히 자랑스러워하는 아이들이 있습니다. 이렇게 선행 학습을 하는 아이들이 자주 하는 말이 있습니다.

"학원에서 배웠는데 다 까먹었어요."

배웠는데 까먹었다는 말은 안 배웠다는 말과 마찬가지입니다. 제대로 배웠다면 잊어버릴 수 없습니다. 기억하지 못한다는 것과 이해하지 못한다는 것은 다른 의미입니다. 아이들이 말하는 까먹었다는 말은 대부분 이해를 하지 못했다는 것을 의미합니다.

쉬는 시간에 한 학생이 학원 문제집을 가지고 왔습니

다. 문제가 제법 어려워 보여 몇 학년 내용이냐고 물어보니 지금 배우는 5학년 과정이라고 했습니다. 그런데 문제를 살펴보니 초등학교 5학년 내용이 아니었습니다. 그 문제는 고등학교 때 배우는 등차수열의 합을 이용해서 푸는 문제로, 시그마(Σ)의 개념을 알고 있다면 아주 간단하게 정답을 맞힐 수 있었습니다. 하지만 초등학교 5학년 수준으로는 해결하기가 어려운 내용이었습니다. 해설집을 보니 시그마의 개념을 애써 어렵게 풀어내 설명하고 있었습니다. 굳이 지금 풀지 못해도 되는 문제를 푸느라 애들만 고생하고 있다는 생각이 들었습니다.

쉬는 시간에 고개를 푹 숙이고 무엇인가 집중하고 있는 아이들이 있습니다. 이 아이들은 대부분 학원 숙제를 하고 있습니다. 스스로 숙제를 하지 않고 친구의 숙제를 베끼는 경우도 적지 않습니다. 쉬는 시간까지 학원 숙제를 하는 아이들을 보면 안쓰럽게 느껴집니다. 40분 내내 학교 수업을 듣고 쉬는 시간에 친구들과 놀지도 못한 채 자리에 앉아서 학원 숙제를 하는 걸 테니까요.

수업 시간에 몰래 학원 숙제를 하다가 걸리는 아이들

도 여럿입니다. 선생님의 입장에서 수업 시간에 몰래 학원 숙제를 하는 아이를 발견하면 화가 날 것 같지만 그렇지 않습니다. 그런 아이들을 보면 오히려 불쌍한 마음이 듭니다. 수업 시간에 선생님 눈치를 살피며 오늘까지 마쳐야 하는 학원 숙제를 몰래몰래 하느라 얼마나 마음을 졸였을까요.

수업을 하다 보면 선행 학습이 아이들에게 얼마나 부정적인 영향을 미치는지 몸소 느낍니다. 수학 과목은 학원에서 선행 학습을 하는 경우가 많습니다. 수학 시간에 학원에서 이미 배운 내용이 나오면 아이들은 수업에 제대로 집중하지 않습니다. 선생님의 설명이 끝나기도 전에 미리 교과서에 있는 문제를 풀어버립니다. 하지만 문제를 풀어 정답을 맞히는 것과 개념을 정확히 이해하는 것은 다릅니다. 많은 아이들이 기계적으로 문제를 푸는 데는 익숙합니다. 하지만 개념을 정확히 설명해보라고 하면 어려워합니다.

사회 과목은 학원에서 선행 학습을 하는 경우는 많지 않습니다. 그래서 수학 시간과 비교하면 수업 참여도에서 온도차가 느껴집니다. 아이들은 선생님이 들려주는 개념이나 역사 이야기에 흥미롭다는 듯이 귀를 기울입니다. 질문도 많이 던집니다. 국토의 범위인 영토, 영해, 영공을 배운 아이들은 수업에 몰입해 일본의 독도 망언에 억울해하기도 하고, 나름대로 해결책을 내놓기도 합니다. 장영실이 개발한 자격루를 보며 그 작동 원리에 대해 무수히 많은 질문을 쏟아내기도 합니다.

선행 학습의 가장 큰 문제는 배움에 대한 호기심을 빼앗아버린다는 점에 있습니다. 새로운 것을 배운다는 건 재미있고 기대되는 일입니다. 알아야 한다는 의무감을 느끼기에 조금은 긴장되기도 합니다. 하지만 이미 학원에서 배운 내용을 수업 시간에 다시 또 배워야 한다면 그 시간은 배움의 즐거움을 느끼는 시간이 아닌 조용히 앉아서 견뎌야 하는 시간이 됩니다.

또 다른 문제는 알고 있다는 느낌을 진짜 아는 것으로 착각해서 배움을 소홀히 한다는 점입니다. 고학년 담임이 되면 첫 수학 수업은 6 나누기 2를 할 줄 아느냐는 질문으로 시작합니다. 모든 아이들이 자신 있게 3이라고 대답합니다. 그렇다면 6 나누기 2가 왜 3인지 설명할 수 있느냐고 물어봅니다. 그러면 손을 드는 아이는 거의 없습니다. 간혹 설명을 해보겠다고 나서는 아이가 있지만 대부분 반쪽짜리 설명입니다.

초등학생에게 나눗셈을 가르치는 방법에는 두 가지가 있습니다. 첫 번째는 등분제입니다. 등분제로는 6을 두 개의 같은 덩어리로 나누었을 때 한 덩어리가 세 개씩 되기 때문이라고 설명합니다. 두 번째는 포함제입니다. 포함제로는 6을 두 개씩 덜어내면 세 번 덜어낼 수 있기 때문이라고 설명합니다.

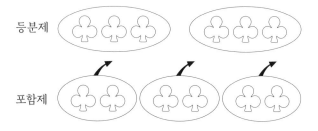

모두 6 나누기 2는 3이라고 표현하지만 그 의미는 분명히 다릅니다. 나눗셈을 등분제로도 설명할 수 있고 포

함제로도 설명할 수 있어야 자연수의 나눗셈뿐만 아니라 소수의 나눗셈, 분수의 나눗셈까지 쉽게 이해할 수 있습니다. 학교에서는 등분제와 포함제를 모두 가르칩니다. 하지만 답만 구하는 방법에 익숙해진 아이들은 선생님이 이야기하는 동안 설명은 듣지 않고 교과서에 있는 문제를 먼저 풀어버립니다. 그런 아이들은 나중에 소수의 나눗셈, 분수의 나눗셈을 배울 때 분명히 어려움을 겪습니다.

공교육에 종사하고 있기 때문에 사교육을 부정적으로 평가한다고 하실지도 모르겠습니다. 하지만 저는 사교육을 부정적으로만 보지 않습니다. 사교육은 공교육의 부족함을 채워주는 역할을 합니다. 피아노, 태권도, 요리 등 학교에서 배우지 못하는 것들을 사교육을 통해 배울 수 있습니다. 학교에서 배우는 것보다 좀 더 심화된 내용을 학습하고 싶은 경우에도 학원이 도움이 됩니다. 자신에게 부족한 부분이 있으면 학원에서 복습을 할 수도 있고요. 이렇게 사교육은 공교육의 보완재로서 가치가 있습니다. 하지만 단순히 선행 학습을 하기 위해 학원에

선행 학습을 하는 아이들은
학원에서 '공부'가 아닌
단순히 문제를 풀고 숙제를 베끼는
'노동'을 하고 있을 가능성이 큽니다

가는 것은 장기적으로 보면 스스로 공부하는 힘을 기르는 데 방해가 됩니다.

지금 다니는 학원이 정말 도움이 되는지 자녀에게 물어보시기 바랍니다. 도움이 된다고 하면 학원을 계속 다니는 게 좋습니다. 하지만 도움이 되지 않고 힘들다고만 하면 과감하게 학원을 그만둘 것을 권유합니다. 그런 아이들은 학원에서 '공부'가 아닌, 단순히 문제를 풀고 숙제를 베끼는 '노동'을 하고 있을 가능성이 큽니다. 대신 그림을 배우고 싶다면 미술 학원에, 춤을 배우고 싶다면 댄스 학원에 보내고, 운동이 하고 싶다면 그에 맞는 기회를 주는 것이 좋습니다.

저는 어렸을 때 다양한 학원을 다녔습니다. 제법 비싼 돈을 주고 과목별 전문 학원에 다니거나 과외를 받기도 했습니다. 하지만 단언컨대 수학, 영어, 과학 학원에서 배운 것은 별로 없습니다. 지금 아이들과 마찬가지로 단순히 문제를 풀고 숙제를 베끼는 노동을 하느라 돈과 시간을 버렸습니다. 하지만 피아노 학원에서 쌓은 피아노 실력과, 미술 학원에서 익힌 그림 그리는 법, 합기도 도장에서 배운 운동 기술은 지금 제 삶을 풍요롭게 해줍니다.

지금 우리 아이들에게 필요한 것은 선행 학습의 탈을 쓴 노동이 아니라, 배움의 즐거움을 깨닫는 시간입니다.

공부를
너무 싫어해요

6699

"공부는 원래 재미있어요."

아이들에게 이렇게 말하면 서른 명 중에서 스물아홉 명은 야유를 보냅니다. 하지만 정말로 아이들은 배우는 것을 좋아합니다. 선생님이 들려주는 역사 이야기에 귀를 기울이는 표정에서, 지시약을 사용해서 용액의 변화를 관찰하는 눈빛에서, 동요를 따라 부르는 목소리에서 알 수 있습니다.

아이들은 공부를 싫어하는 게 아니라 시험을 싫어합니다. 역사 이야기를 듣는 건 재미있어하지만 '무구정광

대다라니경'이나 '논산 관촉사 석조미륵보살입상' 같은 어려운 명칭을 외워서 그대로 적어내야 하는 시험은 싫어합니다. 지시약 실험은 흥미로워하지만 "염기성 용액에 '페놀프탈레인 용액'을 떨어뜨리면 색깔이 붉은색으로 변한다"는 문장을 외워서 써내야 하는 시험은 싫어합니다. 피아노 반주에 맞춰 노래를 부르는 건 즐거워하지만 친구들 앞에서 가사를 외워서 불러야 하는 가창 시험은 싫어합니다.

지금의 시험은 배움을 즐기고 있는지, 무엇을 잘하고 무엇을 못하는지 평가하지 못합니다. 여전히 많은 시험이 이해력이나 창의력을 평가한다는 가면을 쓰고 얼마나 많은 것을 외워서 써낼 수 있는지 평가합니다. 시험 결과는 수치화되어 나의 가치를 전적으로 평가하는 도구가 됩니다. 100점이면 본전, 그렇지 않으면 내 가치는 떨어집니다.

요즘은 중간고사나 기말고사 같은 일제식 지필평가를 보지 않습니다. 그래서 교원평가나 학부모 상담 때 이런 말씀을 하시는 분이 많습니다.

"학교에서 시험을 안 봐서 우리 아이 수준이 어느 정도인지 모르겠어요."

100점을 맞으면 공부를 잘하는 걸까요? 60점을 맞으면 공부를 못하는 걸까요? 단지 점수만으로는 학생의 수준을 알 수 없습니다. 일제식 지필평가가 있던 시절에도 부모님들은 내 아이의 수준을 알 수 없었습니다.

일제식 지필평가가 존재할 때 학교의 모습입니다. 시험 기간이 되면 같은 학년 선생님들끼리 모여 과목과 분량을 적절히 배분합니다. 그 후 자기가 맡은 부분에 해당하는 내용으로 시험 문제를 만듭니다. 1차 문제지가 나오면 선생님들끼리 다시 모여 문제를 풀어보면서 오타나 오류를 검토하고 수정할 내용을 찾아 보완합니다.

이때 각 반의 담임은 이 시험 문제가 우리 반에 불리한 내용이 아닌지 확인해야 합니다. 교육과정 재구성을 통해 교과서가 아닌 다른 자료로 수업을 진행하기도 하는데, 우리 반에서 건너뛴 교과서 내용이 시험에 나오면 학부모 민원이 들어올 가능성이 큽니다. 물론 교육과정 상으로는 목표를 달성했지만, 수업 시간에 다루지 않은 교과서 지문이 시험 문제로 출제되면 '선생님이 가르쳐 주지 않은 부분이 시험에 나왔다'는 이야기를 듣게 되지요. 그렇다고 시험 문제를 다시 내달라고 하는 건 민폐 같습니다. 그래서 교실로 돌아가면 뜬금없이 교과서를 꺼내라고 하고 티 나지 않게 그 부분을 가르칩니다.

그다음으로는 문제가 너무 어렵지 않은지도 살펴봐야 합니다. 절대 점수가 낮게 나오면 으레 학교에서 공부를 제대로 못 가르쳤다는 말이 나옵니다. 부모님들은 80점만 되어도 우리 아이가 공부를 못한다고 생각합니다. 그래서 가급적 무난한 수준으로 난이도를 조절합니다. 그렇다 보니 시험은 선생님이 가르치고자 의도한 것을 평가할 수 없고, 교과서에 나와 있는 지엽적인 내용으로 문제를 낼 수밖에 없습니다.

시험이 끝나자마자 아이들은 점수가 언제 나오느냐며 성화입니다. 그래서 그날 오후는 시험지를 채점하는 데 시간을 보냅니다. 빨간색 색연필로 채점을 하고 점수를 매긴 후 결과표를 정리합니다. 문제의 난이도와는 상관없이 60점 이하인 아이는 비고란에 '부진'이라고 씁니다. 시험이 쉬워도, 아니면 어려워도 무조건 60점 이하면 그냥 '부진'입니다. 이 아이들은 나중에 보충수업을 받게 됩니다.

점수에 따라 아이들의 운명이 갈립니다. 100점을 받은 아이는 집에 가면 부모님이 치킨이나 피자를 시켜줍니다. 한 개 틀린 아이는 실수도 실력이라는 충고를 듣습니다. 점수가 더 낮은 아이는 불안에 떨며 집으로 갑니다. 부모님께 시험지를 보여드리라는 숙제가 없었다면 어쩌면 자체적으로 폐기해버렸을지도 모릅니다. 부모님 사인을 받아온 시험지를 수거하는 것으로 시험의 모든 과정이 끝납니다. 딱 여기까지입니다.

지금까지 시험을 보는 이유는 점수를 매기기 위해서였습니다. 사실은 그다지 믿을 만하지 못한 숫자가 마치 한 아이의 모든 것을 대변하는 중요한 지표처럼 여겨졌습니다.

이런 문제를 해결하고자 나온 개념이 과정중심평가입니다. 용어가 주는 뉘앙스 때문에 과정중심평가를 과정을 평가하는 것으로 오해하는 경우가 많습니다. 과정중심평가는 그런 게 아니라 평가를 배움의 한 과정으로 활용하자는 것입니다. 생각해보니 제가 고등학교 때 공부를 했던 방법이 바로 이 과정중심평가였습니다.

초등학교 선생님이라고 하면 어렸을 때부터 공부를 잘했을 것 같지만 저는 중학교 때까지 공부를 매우 못하는 학생이었습니다. 평범한 중학교에서 40명 가운데 30등에 들 정도였으니까요. 고등학생이 되고부터 마음을 다잡고 공부를 시작했지만 발목을 잡는 과목은 수학이었습니다. 다른 과목은 학교에서 배우는 부분부터 공부를 해도 따라갈 수 있었지만 수학은 기초가 없이는 도저히 따라갈 수가 없었습니다. 아무리 노력해도 수학 성적은 늘 제자리걸음이었습니다. 제가 생각한 방법은 선택과 반복이었습니다.

최근 10년 동안의 수능 문제를 모아놓은 수학 문제집을 샀습니다. 문제를·풀고 맞힌 문제에는 동그라미(○), 틀린 문제에는 브이(∨) 표시를 했습니다. 틀린 문제는 답안지를 보면서 왜 틀렸는지, 무슨 개념을 알아야 하는지 공부했습니다.

문제집을 다 풀고 나면 다시 맨 앞으로 되돌아갔습니다. 이번에는 브이 표시가 된 문제만 풀었습니다. 다시 풀었을 때 맞힌 문제에는 브이 위쪽에 가로선을 그어 역삼각형(▽)을 만들었습니다. 공부를 한다고 했는데도 브이 표시를 한 문제는 거의 풀지 못했습니다. 풀지 못한 문제는 또 답안지를 보면서 공부했습니다. 그렇게 문제집을 다 풀면 다시 앞부분을 펼치고 이런 과정을 반복해 나갔습니다.

저는 문제집을 풀 때 점수를 매기지 않았습니다. 단지 제가 무엇을 아는지, 무엇을 모르는지를 표시했고, 복습을 할 때는 제가 모르는 것에 집중했습니다. 시간이 갈수록 브이 표시가 역삼각형 표시로 많이 바뀌었고, 같은 문제집을 열 번 정도 풀자 마침내 브이 표시는 하나도 남아 있지 않게 되었습니다. 수능이 다가올 때쯤에는 역삼각형 표시가 된 문제를 중심으로 복습했고, 수능에서 기대 이상의 결과를 얻었습니다. 과정중심평가라는 명칭은 없었지만 저는 과정중심평가의 효과를 직접 체감했습니다. 그래서 학교에서 평가가 과정중심평가로 변

시험은 배움의 목적이 아닌
과정일 뿐입니다

화되는 것이 반갑습니다.

시험의 역할은 점수를 매기는 데 있지 않습니다. 시험은 아는 것과 모르는 것을 찾아주는 아주 유용한 수단입니다. 시험에서 만약 100점을 맞았다면 기뻐할 일이 아니라 오히려 아쉬워해야 할 일입니다. 모든 걸 알아서 100점을 받았을 수도 있지만 우연히 내가 아는 것만 시험에 나와서 100점을 받은 것일 수도 있으니까요. 내가 모르는 것을 발견하지 못했기 때문에 시험으로 얻은 것이라곤 100점을 맞았다는 으쓱함 정도입니다.

예비군 훈련에 참석했을 때 있었던 일입니다. 부상을 당했을 경우 사용하는 매듭법을 배우는 훈련이었습니다. 교관은 이렇게 말했습니다.

"점수를 매겨야 해서 딱 한 번만 보여드립니다."

현역으로 복무할 때 배운 적이 없는 매듭법이었습니다. 교관은 딱 한 번 연습할 기회를 주더니 곧바로 평가를 했습니다.

"한 번 더 보여주시면 안 되나요?"

"공정성 때문에 또 보여드릴 수는 없습니다."

저는 당연히 매듭을 짓지 못했고 미흡 판정을 받고 끝나버렸습니다. 배우기 위해 예비군 훈련에 참석했는데 제대로 배우지는 못하고 평가만 받고 만 것입니다. 만약 전쟁이 나서 누군가 다쳤을 때 저는 매듭을 짓지 못하겠지요. 지금 학교의 시험도 이와 다르지 않습니다. 평가를 통해 미흡한 부분을 채워나가야 하는데 못한다고 점수만 매기고는 끝내버립니다.

시험 점수가 대학 입학과 연결되고 대학 졸업장이 삶의 방향을 결정하는 우리나라에서 시험 점수를 완전히 무시하기란 불가능한 일입니다. 하지만 단지 높은 점수를 얻기 위해서 시험을 보기보단 이를 배움의 한 과정으로 바라보면 어떨까요? 그러면 높은 시험 점수는 당연히 따라올 것입니다.

아이가 잔뜩 틀린 시험지를 가지고 왔나요? 시험을 못 봤다고 혼내지 마세요. 다음에 더 잘하라고 요구하지도 마세요. 대신 모르는 것을 알게 되었으니 축하해주고, 부족한 부분을 채울 수 있게 도와주세요. 시험은 배움의 목적이 아닌 과정일 뿐입니다.

"공부는 원래 재미있어요."

이 말에 우리 아이는 야유하는 스물아홉 명인가요, 아니면 '그렇다'고 답하는 한 명인가요?

아직
어려서 그런데요

66 99

제가 어렸을 때 살았던 집 옥상은 재미있는 놀이터였습니다. 눈이 많이 온 날이면 눈사람이나 얼음집을 만들었고, 화창한 날이면 미니카 경주를 하며 놀았습니다. 그날은 옥상에서 연을 날리며 놀고 있었습니다. 한참 신나게 연을 날리고 있는데 갑자기 무엇인가 후두둑 하고 떨어졌습니다. 발밑에는 잘게 부서진 벽돌 조각이 있었습니다. 미처 고개를 들기도 전에 또 다른 벽돌이 떨어졌습니다. 벽돌을 던진 사람은 옆집에 사는 아이들이었습니다. 3, 4학년 정도로 보이던 두 형제가 제가 놀고 있던 옥상 쪽으로 벽돌을 던진 것입니다.

학교에서 근무하다 보면 간혹 투척 사고가 일어납니다. 학교 건물 위층에서 물을 뿌리거나 물풍선, 우유갑, 실내화 같은 물건을 던집니다. 저는 어렸을 때의 경험 때문인지 특히 투척 사고에 대한 안전교육을 철저하게 하는 편입니다.

잊힐 만하면 언론에서 투척 사고가 보도됩니다. 아이들의 장난으로만 치부하기에는 그 결과가 참혹한 경우가 많습니다. 이런 일이 일어나면 아이들의 부모가 비난의 대상이 됩니다. 단순히 '높은 곳에서 물건을 던지면 안 된다'고 주입식으로 가르치기보다 아이의 도덕성을 발달시키는 것이 근본적 처방이 될 수 있습니다.

도덕성 교육을 하기 전에 먼저 아이의 도덕성 발달 수준을 파악해야 합니다. 다음과 같이 콜버그Lawrence Kohlberg가 제시한 질문을 통해 도덕성 발달 수준을 알아볼 수 있습니다. 어른에게도 적용할 수 있으니 글을 읽고 질문에 대한 답을 생각해보시기 바랍니다. 그 답에는 이유가 있어야 합니다.

「 하인츠 딜레마 」

유럽의 한 마을에 하인츠라는 남성이 살았는데 그의 부인이 암으로 죽어가고 있었다. 의사들은 같은 마을에 사는 약사가 조제한 약을 먹으면 부인이 살 수 있다고 했다. 그런데 약사는 그 약의 원가(20만 원)가 비싸다며 약값으로 무려 200만 원을 요구했다. 가난한 남편 하인츠는 백방으로 노력했으나 100만 원밖에 구하지 못했다. 하는 수 없이 그는 약사를 찾아가 약값을 깎아주든가 외상으로 달라고 사정했지만 약사는 일언지하에 거절했다. 그날 밤 하인츠는 약국에 침입해 그 약을 훔쳤다. 남편이 약을 훔친 행위는 정당한가?

질문에 어떻게 답하느냐에 따라 도덕성 발달 수준을 알아볼 수 있습니다. '네', '아니오' 같이 단순한 대답이 중요하지는 않습니다. 도덕성의 판단 근거가 되는 것은 이유입니다. 콜버그는 도덕 발달 단계를 6단계로 구분했습니다.

1단계는 '처벌 회피 및 복종 지향' 단계입니다. 이 단계에서는 처벌을 피할 수 있거나 힘을 가진 사람에게 무조건 복종하는 것이 도덕적이라고 판단합니다. 즉 처벌을 받지 않으면 옳고, 처벌을 받으면 나쁘다고 생각합니다. 하인츠가 약을 훔치면 경찰에게 벌을 받기 때문에 잘못된 일이라거나, 약을 구하지 못해서 아내가 죽으면 하인츠가 벌을 받기 때문에 훔쳐도 된다고 답하면 1단계에 속합니다.

2단계는 '상대적 쾌락주의' 단계입니다. 이 단계에서는 자신이나 타인의 욕구 충족 여부를 기준으로 도덕 판단을 내립니다. 즉 자신이나 타인의 욕구를 충족시키는 행위를 도덕적이라고 생각합니다. 아내가 죽으면 하인츠가 함께하는 사람이 없어 외로워진다거나, 혼자서 집안일을 다 해야 한다는 등 자신의 욕구 충족을 위해 약을 훔쳐서라도 아내를 구해야 한다고 답하면 2단계에 속합니다.

3단계는 '대인관계 조화를 위한 도덕성' 단계입니다. 이 단계에서는 다른 사람을 도와주고 기쁘게 하거나 남에게 인정받는 행위를 옳다고 생각합니다. 타인의 기대에 부응하는 것을 중시한다는 점에서 '착한 소년-소녀 지향'이라고 부르기도 합니다. 하인츠가 아내를 죽게 하면 사람들에게 손가락질을 받기 때문에 약을 훔쳐야 한다거나, 약을 훔치면 약사의 권리를 침해하고 해를 끼치는 것이므로 옳지 않다고 판단한다면 3단계에 속합니다.

4단계는 '사회질서 및 권위 유지' 단계입니다. 이 단계에서는 법이나 질서와 얼마나 부합하느냐를 도덕 판단의 기준으로 삼습니다. 따라서 의무를 다하고 권위를 존중하며 사회질서를 유지하는 행동을 도덕적이라고 생각합니다. 이 단계에서 법을 지키는 것은 처벌을 피하기 위해서가 아니라, 법이 사회질서를 유지하는 데 기여하기 때문입니다. 약을 훔치는 것은 법을 어기는 행위이기 때문에 옳지 않다고 판단한다면 4단계에 속합니다(법을 어기면 처벌받기 때문이라고 답한다면 4단계가 아닌 1단계입니다).

5단계는 '사회계약으로서의 도덕성' 단계입니다. 이 단계에서는 개인의 권리를 존중하고 사회 전체가 인정하는 기준을 지키는 행동이 도덕적이라고 생각합니다. 즉 사회적 합의를 기준으로 도덕 판단을 내리며, 법은 고정불변하지 않고 유동적이라 생각합니다. 약을 몰래 훔친 것은 불법이지만 아내를 구하기 위한 일이었으므로 용서해야 한다고 판단한다면 5단계에 속합니다.

6단계는 '보편적 원리에 의한 도덕성' 단계입니다. 이 단계에서는 도덕적 원리를 기반으로 양심에 따라 선악을 판단합니다. 도덕적 원리란 정의, 평등, 인간의 존엄성 등을 뜻합니다. 법이나 관습보다 인간의 생명이 무엇보다 중요하니까 약을 훔치는 것이 정당하다고 판단한다면 6단계에 속합니다.

우리 아이는 몇 단계에 속하나요? 일반적으로 초등학교 시기의 아이들은 2단계(상대적 쾌락주의)에 속합니다. 고층에서 물건을 던지는 행동이 재미있기 때문에 해도 된다고 생각합니다. 도덕성을 높이는 데 효과적인 방법은 현재의 도덕적 판단 수준으로는 해결할 수 없는 도덕적 갈등 상황에 대해 토론하면서 상위 수준의 도덕적 단계를 일깨우는 것입니다. 가령 하인츠 딜레마의 경우에는 '알고 보니 약사에게도 아픈 가족이 있었는데 약을 도둑맞아 가족의 치료비를 마련하지 못하게 됐다'는 식으로 갈등 상황을 제시하는 것입니다. 갈등 상황을 해결하기 위해 토론을 하면 상위 수준의 도덕적 판단을 다른 사람들의 판단과 비교해 자신의 도덕적 판단을 재평가하게 됩니다.

2단계에 속하는 아이에게는 높은 곳에서 물건을 던지는 행동이 나에게는 재미있지만 그 물건에 맞는 사람에게도 그럴지, 그리고 이런 행동으로 내가 무슨 평판을 얻을지, 모든 사람이 재미를 이유로 고층에서 물건을 던진다면 이 사회의 질서는 어떻게 될지 토론하면서 도덕성 수준을 발달시킬 수 있습니다.

연구에 따르면 연구 대상의 10퍼센트만이 5단계에 도달했고 6단계에 도달한 사람은 거의 없었습니다. 현실적으로 도달할 수 있는 도덕 단계는 4단계입니다. 사람들의 도덕 단계가 4단계만 되더라도 사회에서 일어나는 문제는 줄어듭니다. 학교폭력, 무단 횡단과 음주 운전, 금연 구역에서의 흡연이 법으로 금지되어 있기 때문에 하지 말아야 한다고 판단할 때 사회질서가 유지될 수 있습니다. 물론 더 높은 수준에 도달할 수 있다면 더없이 좋은 일입니다.

　도덕성이 높지 않은 아이들이 잘못된 행동을 계속 하는 것은 어쩌면 당연한 일일지도 모릅니다. 하지만 "아직 어려서…"라는 이유로 방치할 수는 없습니다. '하지 마', '해야 한다' 같은 주입식 교육이 아닌 '어떻게 생각하는지', '왜 그렇게 생각하는지' 같은 토론식 교육을 통해서 우리 아이들이 도덕적으로 행동할 수 있도록 이끌 수 있습니다.

알림장

도덕적
갈등 상황에 대해
토론해봅시다

- 전쟁이 났을 때 참전을 피하려고 다른 나라로 도망치는 것은 정당한가?

- 암 치료제 개발 과정에서 실험용 쥐로 임상실험을 하는 것은 정당한가?

- 민주주의를 수호하려는 시위 과정에서 폭력을 행사하는 행위는 정당한가?

맞지 말고
때리라고 했어요

66 99

제가 생각하는 학교 선생님의 좋은 점 중 한 가지는 급식을 먹을 수 있다는 점입니다. 조금 과장해서 말하면 학교 급식이 가장 건강한 식단으로 깨끗하게 조리된 음식이 아닌가 싶습니다. 가끔 '아침저녁도 급식을 했으면 좋겠다'는 허무맹랑한 생각을 하기도 합니다.

급식실에서 가만히 귀를 기울이면 온갖 소리가 들립니다. 어디 앉느냐며 식판을 들고 선생님을 부르는 소리, 친구와 장난을 하다가 수저를 떨어트리는 소리, 맛있는 반찬을 조금 더 달라는 소리, 자기 음식을 나눠주겠다고 외치는 소리와 그 옆에서 자기가 먹겠다고 답하는 소리 등 초등학교에서 급식 시간은 흡사 전쟁터를 방불케 합니다.

그날도 정신없는 점심시간이었습니다. 아이들이 모두 식탁에 앉은 모습을 확인한 후에 막 첫술을 뜨려는데 어디선가 우당탕하는 소리가 들립니다. 고개를 들어 보니 서준이는 얼굴이 발갛게 달아오른 채 씩씩대고 있고 은지는 얼굴을 감싸고 울고 있습니다. 숟가락을 밥에 푹 꽂아놓고는 소리가 나는 곳으로 달려갔습니다.

"무슨 일이야?"

"쟤가 먼저 절 때렸어요."

"아니, 쟤가 먼저 때렸어요. 엉엉엉."

분명히 누군가는 먼저 때렸을 텐데 서로가 상대방이 먼저 때렸다고 하니 귀신이 곡할 노릇입니다. 찬찬히 살피니 둘 다 크게 다친 것 같지는 않습니다.

"우선 밥부터 먹자. 서준이는 오른쪽 끝에 가서 먹고, 은지는 왼쪽 끝에 가서 먹어. 그리고 밥 먹고 나면 두 사람 다 선생님한테 와."

한바탕 소동이 벌어진 후, 다시 밥을 뜨는데 잘 넘어가질 않습니다. 미역국에 밥을 말아 후루룩 마시고는 먼저 교실로 돌아왔습니다. 잠시 후 서준이와 은지가 억울하다는 표정을 지으며 저를 찾아왔습니다. 은지가 눈물을 글썽이며 먼저 말문을 엽니다.

"그냥 밥 먹고 있었는데 서준이가 갑자기 때렸어요."

"그게 아니고 은지가 먼저 팔꿈치로 저를 때렸어요."

"때린 게 아니고 실수로 친 거거든?"

사건을 정리해보니 은지가 실수로 옆자리에 앉은 서준이를 팔꿈치로 친 모양입니다. 그러자 서준이가 자기를 왜 때리느냐며 은지를 때렸다는 겁니다.

"화가 난다고 해서 친구를 때리는 건 잘못된 행동 같은데 말이야."

"저희 아빠가 어디 가서 맞고 다니지 말고 차라리 때리라고 했어요."

그 말을 들으니 난감했습니다. 부모에게 폭력을 허락받은 아이는 어떻게 가르쳐야 할까요. 가끔 인터넷에서 '우리 아이에게 맞지 말고 때리라고 한다' 같은 댓글을 보기는 했습니다만 우리 반 학생에게 이 말을 직접 듣다니요. 게다가 서준이의 눈빛에는 당당함마저 흘러나왔습니다.

최근 학교 안팎에서 일어나는 사건, 사고를 보고 있으면 이런 교육 방식이 이해는 됩니다. 우리 아이가 폭력의 피해자가 되어 고통 속에서 힘든 시간을 보내는 걸 보고 싶지 않은 것이 부모의 마음일 테니까요. 하지만 '맞지 말고 때려라'라는 교육 방식이 아이의 올바른 성장과 행복한 삶에 도움이 될지 고민해볼 일입니다.

교실은 사회와 꼭 닮았습니다. 반장 선거를 할 때는 때때로 자기를 뽑아주면 과자를 사주겠다고 하는 금권 선거의 모습이 나타납니다. 시장 놀이를 하다가 물건이 부족해지면 가격이 폭등하는 수요공급 법칙이 나타납니다. 아이들은 교실에서 사회로 나아갈 준비를 하고 있습니다. 그런데 '맞지 말고 때려라'는 교육 방식은 아이들이 사회로 나아가는 데 걸림돌이 됩니다.

첫째, 최우선적인 갈등 해결 방법으로 폭력을 배운다는 점입니다. 교실에서는 수많은 갈등이 일어납니다. 그

부모로부터 맞지 말고
때리라고 교육을 받은 아이는
자신의 폭력에
정당성을 부여합니다

리고 그런 갈등은 학교를 벗어난 사회에서도 똑같이 일어납니다. 그때마다 폭력으로 문제를 해결하려고 한다면 더 큰 문제를 불러일으킬 것입니다.

얼마 전 한 대기업 회장 부인의 갑질 폭행 사건과, 웹하드 업체 대표의 직원 폭행 사건이 세간을 떠들썩하게 했습니다. 정원 관리가 마음에 들지 않는다거나 운전기사의 운전이 서툴다는 이유로, 직원이 회장인 자신과 관련된 내용을 댓글로 달았다는 이유로 그들은 폭언과 폭행을 일삼았지요. 이들에게 폭력은 가장 빠르고 속 시원하게 문제를 해결하는 방법이었습니다. 이들이 어느 순간 갑자기 폭력적으로 돌변한 건 아닐 겁니다. 아마 어렸을 때부터 폭력으로 갈등을 해결하며 자라왔을 가능성이 큽니다.

둘째, 우리 아이가 학교 폭력의 가해자가 될 가능성이 높아집니다. '맞지 말고 때리라'는 교육 방식의 이면에는 '우리 아이는 불가피한 경우에만 폭력을 사용할 거야'라는 부모의 믿음이 담겨 있습니다. 하지만 부모로부터 폭력의 면죄부를 받은 아이는 최후의 수단이 아닌 최우선적인 수단으로 폭력을 사용합니다.

앞선 서준이의 대답처럼 부모로부터 이런 교육을 받은 아이는 자신의 폭력에 정당성을 부여합니다. 하지만 폭력은 범죄입니다. '때려도 좋다'는 '네가 범죄자가 되어도 좋다'와 같은 의미입니다. 그 어떤 부모도 자신의 아이를 범죄자로 만들고 싶진 않겠지요.

셋째, 아이러니하게도 우리 아이가 학교폭력 피해자가 될 가능성이 높아집니다. 저는 학급담임을 맡을 때면 정기적으로 사회성 측정 검사를 통해 학생들 각자가 학급 친구들에게 받는 평판을 조사합니다. 혹여 친구들에게 인기가 없는 아이들이 따돌림을 당하고 있지는 않나 확인하는 것이 이 검사의 목적입니다.

이 검사에서 친구들이 싫어하는 아이들 가운데 대다수를 차지하는 유형이 바로 폭력적인 아이입니다. 욕을 잘하는 아이, 자주 때리는 아이처럼 폭력을 자주 행사하는 아이는 친구들에게 기피 대상이 됩니다. 이렇게 폭력적이라는 평판은 얻은 아이는 친구들뿐만 아니라 친구의 부모들에게도 폭력적인 아이라는 낙인이 찍힙니다.

피해를 막겠다며 가르친 교육 방식이 우리 아이를 외롭게 하고 폭력적인 아이라는 낙인을 찍을지 모릅니다.

얼마 전, 반에서 두 명의 학생이 서로 다툰 일이 있었습니다. 대화를 통해 오해를 풀고 마음을 추스르게 했지요. 마지막으로 누가 먼저 사과하겠느냐는 물음에 아이들은 이렇게 대답했습니다.

"집에 가서 '카톡'으로 사과할게요."

"저도요."

한자리에 함께 있는 상황인데도 얼굴을 마주 보고 사과하는 것이 부끄러워 집에서 스마트폰 채팅으로 사과하겠다는 겁니다.

안타깝게도 지금 아이들은 올바른 갈등 해결 방법을 배울 기회가 적습니다. 예전에는 친구와 싸우고 집에 가서 곰곰이 생각해보며 마음을 누그러뜨리기도 했는데 지금은 집에 돌아가도 스마트폰 채팅으로 싸움을 이어 갑니다. 학교에서 친구와 다투면 며칠 토라져 있다가도 어느 순간 친하게 지내기도 했는데 지금은 사소한 다툼도 학교폭력이라며 아이들에게 문제를 해결할 기회도 주지 않고 어른들이 나서서 모든 일을 대신해줍니다. 하지만 언제까지 서로를 미워만 하고, 남의 손에 기대어 갈등을 해결할 수는 없습니다.

갈등 상황을 회피하지 않고 적극적으로 해결하려는 의지, 화가 날 때 큰소리를 내거나 폭력적인 행동을 하는 대신 내 감정을 상대방에게 진솔하게 전달할 줄 아는 지혜, 나의 잘못을 인정할 수 있는 용기, 다른 이의 잘못을 용서할 수 있는 포용력. 저는 영어 단어를 외우는 것, 수학 문제를 푸는 것보다 이렇게 현명한 갈등 해결 방법을 배우는 것이 더 중요하다고 생각합니다.

영어 단어를 모른다거나 수학 문제를 못 푼다고 주위 사람에게 미움을 받지는 않지만, 미숙한 방법으로 갈등을 해결하는 사람은 다른 사람들에게 미움을 받습니다. 우리 아이들이 남에게 미움받는 사람이 아닌 사랑받는 사람이 되도록 도와주는 일, 그것이 선생님과 부모님의 몫입니다.

우리 애는
그럴 애가 아니에요

"선생님! 누구랑 누구 싸워요!"

예전에는 "어휴, 또 시작이네" 하며 투덜거렸을 테지만 요즘에는 싸움 났다는 말을 들으면 가슴이 철렁 내려앉습니다.

요즘 학교에서 가장 큰 관심사는 학교폭력이라고 해도 과언이 아닙니다. 관련 법률에 따라 학교에서는 의무적으로 일정 시간 이상 학교폭력예방교육을 해야 하고, 외부 기관과도 연계해 수시로 학교폭력에 대한 수업을 진행합니다. 선생님들은 매년 의무적으로 학교폭력에 관한 연수를 이수해야 합니다. 전국적으로 매년 학교폭력 실태 전수조사를 실시하고 여기서 발견된 학교폭력 피해 사례는 아무리 사소한 것이라도 조치를 취해야 합니다.

학교폭력 예방 및 대책에 관한 법률에 따르면 "학교폭력이란 학교 내외에서 학생을 대상으로 발생한 상해, 폭행, 감금, 협박, 약취·유인, 명예훼손·모욕, 공갈, 강요·강제적인 심부름 및 성폭력, 따돌림, 사이버 따돌림, 정보통신망을 이용한 음란·폭력 정보 등에 의하여 신체·정신 또는 재산상의 피해를 수반하는 행위"를 의미합니다.

"학교 내외"라는 조건이 있기 때문에 단지 학교뿐만 아니라, 등하굣길이나 심지어 학원에서 일어난 일도 학교폭력으로 간주됩니다. 법적 용어가 거창해 보이지만 주의하지 않으면 쉽게 학교폭력을 저지를 수 있습니다.

1학년 아이들 사이에 로봇으로 변하는 자동차 장난감이 유행하던 시기의 일입니다. 한 학부모에게서 자기 아이가 억울하게 학교폭력 가해자로 몰렸다는 하소연을 들었습니다. 자기 아이가 친구와 협의해 서로 장난감을 바꿨는데 얼마 후에 그 친구가 바꾼 장난감이 마음에 들지 않는다며 자꾸 돌려달려고 했다는 것입니다. 이미 바꿨으니까 돌려줄 수 없다고 하자 그 학생이 문제를 제기한 경우였습니다.

　두 아이를 불러 이야기를 들어보니 서로 협의해 바꾼 것이 아니라 가해 학생이 강제로 장난감을 바꿔간 것이었습니다. 당연하게도 피해 학생의 장난감이 더 좋고 비싼 것이었고요. 이런 사실을 전해 들은 가해 학생의 부모가 한 말이 충격적이었습니다. 바꾸기 싫었으면 그 자리에서 말을 해야지 왜 뒤늦게 문제를 제기하느냐는 겁니다. 여전히 자신의 아이는 장난감을 뺏은 것이 아니라 바꾼 것이라고 생각하고 있었습니다.

　얼마 전 연수에서 학교폭력을 오랫동안 연구한 교수님의 강의를 듣게 되었습니다. 2년 이상 소년원 생활을 하는 비행청소년을 대상으로 연구한 결과, 그들이 공통적으로 하는 말이 있더랍니다. 바로 "문제가 생기면 우리 부모님이 항상 해결해주셨어요"입니다.

　"우리 애가 그럴 애가 아닌데…."

"뺏은 게 아니고 빌린 것."

"때린 게 아니라 살짝 민 것."

이런 변명으로 아이를 감싸주는 것은 아이를 보호하는 것이 아니라 아이를 망치는 길입니다.

학교폭력의 가해 원인은 복합적입니다. 그래서 학교폭력을 예방하기 위해서는 원인에 대한 이해가 중요합니다.

개인적인 요인으로는 품행장애, 반항장애, ADHD(주의력 결핍 및 과잉행동 장애) 같은 의학적 요인을 들 수 있습니다. 가해 학생들은 대체로 반사회적 경향성과 신체 공격성이 높고, 스스로도 충동적인 행동을 통제하지 못한다고 지각하는 경우가 많습니다.

가정적인 요인을 보면 부모의 애정과 관심이 부족한 가정환경에서 자랐거나 자녀가 공격적인 행동을 했을 때 방임한 부모 밑에서 자란 아이들이 폭력의 가해자가 되는 경우가 많습니다. 또한 가해 학생은 부모님과 갈등이 있는 경우가 대부분이었습니다.

사회문화적인 요인으로는 폭력적인 매체의 노출이 있

습니다. 실제로 대중매체를 통해 언어적·신체적 폭력에 노출된 빈도가 높은 학생일수록 학교폭력 가해 경험이 많다는 연구 결과도 있습니다.

학교폭력은 예방이 가장 중요합니다. 하지만 학교폭력이 발생하면 현명하게 대처하는 지혜도 필요합니다. 학교폭력 신고가 들어오면 가장 먼저 학교폭력대책자치위원회, 이른바 '학폭위'가 열립니다. 이 학폭위에 대해 많은 학부모님이 오해하는 부분이 있습니다.

학교는 학생을 처벌하는 곳이 아닌 교육하는 곳입니다. 그런 맥락에서 학폭위의 목적 또한 처벌이 아닌 교육입니다. 학폭위에서 가장 중요하게 생각하는 것은 피해 학생의 회복과 가해 학생의 선도입니다. 만약 자신의 아이가 학교폭력 피해자가 되었다면 가해 학생의 처벌이 아니라 우리 아이의 회복에 주안점을 두어야 합니다. 반대로 자신의 아이가 학교폭력 가해자가 되었다면 책임을 회피하는 데 급급할 게 아니라 우리 아이의 교육과 선도에 더 힘써야 합니다. 하지만 본질을 잃고 부차적인 것에 신경 쓰느라 정작 아이들의 회복과 선도는 관심 밖이 되는 일이 허다합니다. 이때 그 피해는 고스란히 우리 아이들이 입게 됩니다.

우리 아이가 학교폭력의 피해를 당한 경우 가장 중요한 것은 부모의 지지입니다. 도움을 주겠다는 말로 안심시키고 필요한 경우 등하굣길에 동행을 해줘야 합니다. 담임선생님과 상의해 학교에서 보호받을 수 있게 조치를 취해야 합니다. 신체적·정신적 피해가 있다면 전문가의 도움을 받아야 합니다.

반대로 우리 아이가 학교폭력의 가해자인 경우 맹목적인 자녀 보호는 금물입니다. 세상 모두가 우리 아이를 비난하더라도 부모가 끝까지 옹호해줘야 하는 것 아니냐고 반문하는 사람도 있겠지요. 하지만 이런 대처는 일시적입니다. 가장 중요한 것은 같은 문제가 반복되지 않도록 조치하는 것입니다. 매번 문제가 발생할 때마다 우리 아이는 그럴 아이가 아니라고 대변할 수는 없는 노릇입니다.

우리 아이가 폭력적으로 행동하는 근본적인 원인이 일시적인 것인지, 구조적인 것인지에 따라 전문가의 도움과 치료를 받아야 합니다. 학교 측에서 문제를 제기한 경우 흥분하지 말고 협조적인 태도로 도움을 제공하고, 학교 측의 절차를 성실히 수행해야 합니다. 필요한 경우 법적인 조력을 받을 수도 있습니다.

가장 중요한 것은 피해 학생과 그의 부모에게 진심으로 죄송하다고 사과하는 것입니다. 심각한 사안이라도 진심 어린 사과로 문제가 해결되는 경우가 많습니다. 하지만 당사자 앞에서만 이렇게 행동하고 정작 집으로 돌아가 피해 학생과 그의 부모를 비난하거나 험담한다면 이 또한 일시적인 대처가 될 뿐입니다.

청소년기는 미성숙한 시기입니다. 학교폭력이라는 거창한 이름이 붙기는 했지만 아이들은 아직 어리기 때문에 실수를 저지를 수도 있습니다. 이 시기에는 자신의 행동을 스스로 책임지고, 다른 사람의 입장에서 생각할 수 있는 연습이 필요합니다. 객관적으로 합당한 조치가 내려진다면 이를 인정할 필요도 있습니다. 학폭위에서 결정되는 조치 사항은 처벌이 아닌 선도가 목적이며, 주홍글씨가 아닙니다. 절차상의 문제나 법적 허점을 들어

행정소송 등을 통해 이를 무력화할 수도 있습니다. 하지만 이는 아이에게 '우리 부모님은 내가 어떤 잘못을 해도 무마해준다'는 잘못된 인식을 심어줄 가능성이 큽니다.

대학원에서 학교폭력을 주제로 한 학기 동안 강의를 들은 적이 있습니다. 첫 시간에 교수님이 이런 말씀을 하셨습니다.

"학교폭력이 계속 문제가 되면 학교를 없애버리면 됩니다."

강의를 듣던 선생님들은 교수님이 농담을 한다고 생각해 모두 큰 소리로 웃었습니다. 하지만 교수님은 무덤덤하게 말을 이어나갔습니다.

"학교에서 일어나는 폭력의 빈도가 사회에서 일어나는 폭력의 빈도보다 유의미하게 높다면 학교를 없애는 게 맞습니다."

학교가 없어진다고 생각하면 슬픕니다. 직장을 잃고 실업자가 될까 봐 걱정하는 것은 아닙니다. 아침마다 재잘거리는 아이들의 목소리를 들을 수 없다고 생각하면 슬픕니다. 조금만 더 놀면 안 되냐고 투정부리는 아이들의 귀여운 얼굴을 볼 수 없다고 생각하면 슬픕니다. 나중에 꼭 다시 만나자는 약속을 할 수 없을까 봐 슬픕니다. 정말 학교가 없어지지 않았으면 좋겠습니다.

2부

그게 왜 문제인가요

너무 소심해서
걱정이에요

66 99

쉬는 시간에 아이들이 무엇을 하는지 살펴보면 각각의
성격이 대충 보입니다. 수업이 끝나기가 무섭게 밖으로
뛰어나가는 아이, 친구들을 먼저 불러 모으는 아이, 가만
히 앉아서 책만 보는 아이 등 아이들의 모습은 천차만별
입니다.

임용시험에 막 합격하고 발령 대기 중 기간제 교사
로 근무할 때의 일입니다. 지윤이는 말이 거의 없는 아
이였습니다. 친구들이 먼저 다가가도 몇 마디 나누지 않
고 이내 가만히 앉아 책만 읽었습니다. 무슨 문제가 있

나 살펴봐도 특별한 건 없었습니다. 지윤이 어머니는 이런 모습을 답답해했습니다. 지윤이가 친구들과 활발하게 어울리길 바랐습니다.

제가 내놓은 해결책은 보드게임이었습니다. 지윤이 어머니에게 여럿이 즐기는 보드게임을 알려드리고 학교로 보내달라고 부탁했습니다. 며칠이 지나 지윤이는 보드게임을 들고 왔습니다. 지윤이가 보드게임을 꺼내놓자 순식간에 아이들이 지윤이 자리로 몰려왔습니다. 아이들은 자기도 시켜달라고 너도나도 부탁했고 지윤이는 쉬는 시간마다 아이들에게 둘러싸여 보드게임을 했습니다.

처음 얼마 동안은 지윤이도 제법 즐겁게 친구들과 어울렸습니다. 하지만 시간이 지날수록 지윤이의 표정에서 곤란함이 느껴졌습니다. 그리고 며칠이 지나자 지윤이는 자기 보드게임을 다른 친구에게 내주고는 이내 독서에 몰두했습니다.

"어떻게 하면 지윤이를 친구들과 어울리게 할 수 있을까요?"

대학원 강의 시간에 교수님에게 질문을 던졌습니다.

교수님은 제 이야기를 천천히 다 들어주시고는 딱 한마디를 건네셨습니다.

"그 성격이 꼭 바뀌어야 하나요?"

자녀의 성격에 따라 학부모의 희망 사항도 다릅니다. 활발한 자녀를 둔 부모는 아이가 조금만 차분했으면 좋겠다고 합니다. 그만 까불고, 말도 천천히 하고, 집에서 책도 읽길 바랍니다. 반면, 차분한 자녀를 둔 부모는 아이가 좀 더 활발했으면 좋겠다고 합니다. 책만 보지 말고 밖에 나가서 친구들과 어울려 놀길 바랍니다. 집에서도 통 말을 안 해서 답답하다고 합니다.

"저도 어릴 때 까불대다가 많이 혼나긴 했는데…."

"휴, 제가 소심한 편이었는데 우리 애가 저를 꼭 닮았네요."

재미있는 점은 그렇게 말하는 부모의 성격을 아이가 닮은 경우가 많다는 것입니다.

성격은 개인을 특징짓는 지속적이며 일관된 행동 양식입니다. 1956년부터 1988년까지 실시된 뉴욕 종단 연구는 성격이 타고난 기질적 특성이라는 주장에 힘을 실어줍니다. 미국의 정신과 의사인 토머스Alexander Thomas와 체스Stella Chess 부부는 1950년대 뉴욕에서 태어난 갓난아기들의 움직임, 안겼을 때 반응의 민감성, 생체리듬, 초기 반응, 산만한 정도, 수면의 안정성, 집중력의 유지 시간 등 아홉 가지 변수를 측정했습니다.

그리고 이를 통해 자주 짜증을 내거나 우는 까다로운 기질(10퍼센트), 정상적인 식습관과 수면 습관을 유지하며 새로운 환경에 쉽게 적응하는 순한 기질(40퍼센트), 새로운 환경에 쉽게 적응하지 못하고 활동량이 적지만 익숙해지면 서서히 긍정적으로 반응하는 느린 기질(15퍼센트)로 65퍼센트의 아이들을 분류했습니다.

그 후로 부부는 30여 년간 아이들이 자라나는 과정을 추적 관찰을 해서 놀라운 결과를 도출해냈습니다. 성인이 되어도 갓난아기 때 나타난 기질에서 크게 벗어나지 않는다는 것입니다. 다소간의 성격 차이는 있었지만 까다로운 아이는 여전히 까칠하고 예민했으며 공격적인 면이 있는 아이로 자라났고, 순한 아이는 배려심이 있지만 소심해서 새로운 것을 시도하지 못하는 내성적인 아

어른들이 원하는 성격으로
아이를 바꾸는 것보다 각자의 성격을
있는 그대로 받아들이고 긍정적인 면을
키워주는 지혜가 필요합니다

이로 자라났습니다. 기질적 특성이 조금씩 달라지기는 했지만 크게 변하지는 않았습니다.

지나치게 걱정을 많이 하는 사람은 17번 염색체에 있는 세로토닌 운반체5-HTT 유전자를 억제하는 DNA의 길이가 짧을 가능성이 크다고 합니다. 이 사실은 유전자가 성격 형성에 적지 않은 영향을 미침을 의미합니다.

물론 유전자가 100퍼센트 성격을 결정하지는 않습니다. 특정 유전물질이 있다고 해서 곧바로 그런 특질이 발현되는 것도 아닙니다. 하지만 타고난 성격을 억지로 바꾸려다가는 역효과가 날 가능성이 높습니다. 어쩌면 성격을 바꾸라는 말은 백인에게 흑인이 되라고 강요하는 것과 같을지도 모릅니다.

꼼꼼하고 원리 원칙을 잘 따지는 채원이에게는 체육 시간에 심판을 시키니 공정하게 심판을 봤습니다. 말이 많고 남 앞에 나서는 것을 좋아하는 지훈이에게는 학급 사회자 역할을 맡겼더니 학급 행사를 재미있게 이끌어 갔습니다. 책 읽기와 그림 그리기를 좋아하는 지윤이에게는 학급 문집에 사용할 표지를 부탁하니 그럴듯한 책

표지를 그려왔습니다.

활발한 아이는 차분해질 필요가 없습니다. 차분한 아이는 활발해질 필요가 없습니다. 어른들이 원하는 성격으로 아이를 바꾸는 것보다 각자의 성격을 있는 그대로 받아들이고 긍정적인 면을 키워주는 지혜가 필요합니다. 어떤 모습이든 그 자체로 아이의 모습은 소중합니다.

매일 똑같은 건
지겨워요

❝❞

매년 아이들하고 만남과 헤어짐을 반복하지만 이별의 날이 다가오면 왠지 모르게 울적해집니다. 선생님이기에 받아들여야 하는 숙명이기도 하지요.

담임을 맡은 5학년 반의 마지막 수업 날이었습니다. 연구실에서 마음을 가다듬고 교실로 가려는데 어디선가 나타난 아이들이 황급히 길을 막습니다.

"아직 준비가 안 됐으니까 조금만 이따 오세요!"

어제 자기들끼리 남아 쑥덕쑥덕하더니 이벤트를 준비했나 봅니다. 얼마 지나지 않아 연구실 문이 열리더니

"이제 됐어요!"라고 외칩니다. 문을 나서는 순간 눈앞이 깜깜해집니다. 비밀 이벤트를 위해 안대까지 준비한 모양입니다.

아이들 팔에 이끌려 더듬더듬 걸음을 옮깁니다. 한참을 걷다 보니 박수 소리가 들립니다. 안대를 벗고 눈을 뜨는 순간 웃음을 터트리고 말았습니다. 제가 서 있는 곳부터 교실 안까지 빨간 색 도화지로 만든 레드카펫이 깔려 있었습니다. 그 위를 걸으며 교실로 입장하니 환호성이 터져 나옵니다. 여기서 끝이 아니었습니다. 교실에는 각종 미션 쪽지가 있었습니다.

첫 번째 미션은 "나는 못생겼다!"라고 다섯 번 외치는 것이었습니다. 이 미션에 성공해야 다음 미션이 적힌 '미션 쪽지'를 얻을 수 있었습니다. 화가 난 척하다가 큰 소리로 "나는 못생겼다!"고 외치니 아이들이 박장대소합니다. 미션을 따라 누군가의 책상을 살펴보고 사물함도 열어보다가 마침내 초코파이로 만든 케이크를 찾았습니다.

"이런 건 처음이죠?"

이벤트를 주도적으로 기획한 다은이가 물어봅니다.

초코파이를 우물거리며 "이렇게 창의적인 이벤트는 처음이다"라고 하니 다은이와 아이들이 뿌듯해합니다.

교실을 풍선으로 꾸민다거나 칠판에 편지를 가득 써놓는 이벤트를 받은 적은 종종 있지만 레드카펫이 깔리고 미션 쪽지를 받는 이벤트는 난생처음이었습니다. 덕분에 울적한 마지막 날이 즐거운 날로 기억되었습니다.

5년 전 일기 쓰기를 지도할 때 일입니다. 매일 똑같은 일상을 적어내야 하는 아이들이 안쓰러워 재미있는 주제로 글을 써보자는 생각이 들었습니다. 그래서 '순도 99.99퍼센트의 순금 똥을 쌌다면?'처럼 창의적인 생각을 할 수 있는 글쓰기 주제를 아이들에게 던져줬습니다. 아이들 반응은 폭발적이었습니다. 두세 줄 쓰고 말던 일기 대신 공책 한 장을 가득 채운 글을 써냈고, 오늘은 어떤 주제가 나올지 서로 키득거리며 이야기를 나누기도 했습니다.

아이들 반응에 용기를 얻어 글쓰기 주제를 엮어 원고를 쓰고 몇 군데 출판사에 투고했습니다. 그렇지만 읽을 만한 글도 아니고 글쓰기 주제만으로 구성된 책을 내주겠다는 출판사는 없었습니다. 원고를 계속 거절당하자 의기소침해져서 출판을 그만두기로 마음먹었을 즈음, 출판사 없이도 책을 낼 수 있는 자가 출판 플랫폼을 알게 되었습니다. 플랫폼을 통해 1인 출판으로《초등학생이 좋아하는 글쓰기 소재 365》라는 책을 만들었습니다. 입소문이 난 덕분에 많은 선생님이 이 책을 구입해 글쓰기 교육에 활용했고, 나중에는 정식 출판이 되어 지금은 매년 적지 않은 양이 팔리는 스테디셀러가 되었습니다.

상상을 현실로 구현하기 쉬워진 시대입니다. 자가 출판 플랫폼 덕분에 어느 출판사에서도 관심 가지지 않았던 원고를 책으로 세상에 내놓을 수 있게 되었습니다. 인프라가 갖춰지지 않은 몇 년 전이라면 제 생각은 세상에 나오지 못했을 것입니다.

과거 영상 콘텐츠를 만드는 일은 특별한 기술과 비싼 카메라가 있어야 가능했습니다. 하지만 지금은 스마트폰만 있으면 누구나 쉽게 영상 콘텐츠를 촬영하고 편집해서 유통까지 할 수 있습니다. 방송국에서 찍는 영상처럼 높은 수준은 아니더라도 사람들이 흥미를 느낄 만한 내용을 누구나 제작할 수 있습니다. 유튜브에서 높은 조회 수를 기록하는 영상 중에는 아마추어 수준의 영상이 높은 비중을 차지합니다.

예전에 책은 출판사를 통해서만 출판할 수 있었습니다. 출판사에서 허락하면 내 글이 책으로 나오고 그렇지 않으면 포기해야 했습니다. 하지만 지금은 자가 출판 플랫폼을 통해 누구나 손쉽게 책을 출간할 수 있습니다. 세계에서 가장 규모가 큰 온라인 서점 아마존에서는 자가 출판 서비스를 통해 출판된 책이 베스트셀러에 오르는 일도 흔합니다.

제조업에서도 획기적인 변화가 일어났습니다. 3D 프린터는 상상에서만 존재하던 물건을 실제로 구현할 수 있게 해줍니다. 미국항공우주국NASA에서는 우주에서 먹을 식량이나 우주선 수리에 필요한 부품을 지구에서 조달하는 대신 우주선에서 3D 프린터로 직접 제작하는 방식을 연구하고 있습니다. 병원에서도 환자 맞춤형 인공관절을 3D 프린터로 제작합니다. 이제는 물건을 '만드는' 시대가 아닌 '인쇄하는' 시대가 되었습니다.

요즘 사용하는 프로그래밍 언어는 쉽게 배우고 다양하게 활용할 수 있습니다. 학교에서 코딩을 배운 아이들은 미래에 일하는 방식을 획기적으로 바꿀 것입니다. 직접 일하는 대신, 일해주는 프로그램을 돌립니다. 코딩을 배운 중학생들이 학교에서 급식 먹을 순서를 정해주는 프로그램을 만들어 교실에서 활용했다는 기사는 프로그래밍이 일상생활에 활용되기 시작했음을 보여줍니다.

이런 변화는 아직 먼 미래의 일이라는 생각이 들지도 모릅니다. 하지만 스마트폰을 한번 보세요. 스마트폰은 대중화된 지 고작 10년밖에 안 되었는데, 어느새 현대인의 필수품으로 자리 잡았습니다. 우리 아이들이 살아가는 세상은 빠른 속도로 변화하고 있습니다. 상상을 현실로 만들 수 있는 시대가 되었기에 창의성은 이제 정말로 중요한 능력이 되었습니다. 그래서 새로운 교육과정에서는 창의적 사고를 핵심 역량 중 하나로 제시합니다.

창의성 교육을 허무맹랑한 아이디어를 내놓는 교육으로 착각하는 경우가 많습니다. 하지만 창의성을 키우기 위한 조건 중 하나는 교과 내용을 완전히 이해하는 것입니다. 관련 지식을 완벽하게 숙지하지 않고서는 창의적인 생각을 할 수 없습니다. 교과 학습은 창의성 계발의 전제 조건입니다. 그렇지만 지금의 교육은 교과 학습에서만 끝나버리는 경우가 많습니다.

교과 학습의 지식적인 측면만 강조하면 아이들은 결코 창의적으로 생각할 수 없습니다. 학교에서 보면 아이들은 창의적인 생각을 하는 데 두려움을 느낍니다. 교과서에 자신의 생각을 적어야 하는데도 선생님이 불러주는 예시를 정답으로 생각하고 받아 적는 경우가 흔합니다. 여전히 아이들의 관심사는 오로지 답이 맞았는지 틀렸는지에 있습니다.

단 하나의 창의적인 생각이 많은 사람에게 영향을 미치고 역사를 바꾸기도 합니다. 우리나라 역사상 가장 창의적인 사람은 누구일까요? 저는 세종대왕을 꼽고 싶습니다. 중국과 사대 관계를 맺은 그 시대에 어떻게 독자적인 문자를 만들 생각을 했을까요. 한글이 없다고 상상하니 끔찍합니다. 학교에서 아이들은 공부도 하기 전에 한자를 익히느라 지금보다 몇 배는 더 고생했을 것입니다.

세종대왕의 업적이 엄청나게 위대해서 우리와 동떨어졌다고 느끼시나요? 구석기시대에는 돌을 깨뜨리거나 떼어내서, 신석기시대에는 돌을 갈아서 사용했습니다. 한반도에서 구석기시대는 약 70만 년 전, 신석기시대는 약 1만 년 전에 시작되었습니다. 돌을 갈아서 사용하면 더 편리하다는 사실을 깨닫기까지 69만 년이 걸린 셈입니다. 69만 년 만에 깨달은 이 창의적인 발상은 아주 사소하고 단순했지만 인류 역사를 통째로 바꿔놓았습니다.

먼 훗날, 지금 이 순간이 구석기시대에서 신석기시대로 넘어가는 시점에 버금간다고 평가될지도 모릅니다. 우리 아이들이 돌을 깨뜨려서만이 아니라 갈아서도 사용할 수 있다는 사실을 발견하도록 도와주는 건 어떨까요. 그러면 우리 아이가 제2의 세종대왕이 될 수도 있습니다.

알림장

아이들의
창의성을 키워주세요

- 창의성이 중요한 가치임을 알게 해주세요.

- 창의적인 생각을 하는 것 자체를 즐기게 해주세요.

- 교과 내용을 완전히 이해하도록 도와주세요.

- 창의적 사고를 유발하는 질문을 던져주세요.

- 자율성을 부여하고, 안정감을 느끼도록 실수를 허용해주세요.

- 창의성을 발휘할 수 있도록 충분한 기회와 시간을 주세요.

- 롤 모델이 될 만한 창의적인 인물을 알려주세요.

우리 애는
영재가 아닌가요

66 99

직사각형과 정사각형의 관계를 배우는 수업이 끝난 직후였습니다. 칠판을 지우고 있는데 지호가 다가와 묻습니다.

"선생님, 직사각형 개수랑 정사각형 개수는 똑같죠?"

직사각형은 네 각이 모두 직각인 사각형을 의미하고, 정사각형은 여기에 네 변의 길이가 모두 같아야 한다는 조건이 추가됩니다. 얼른 머리를 굴려보니 직사각형의 범주 안에 정사각형이 들어가니 정사각형 개수가 더 적겠다는 생각이 들었습니다.

"정사각형 개수가 더 적지."

지호가 잠깐 머뭇거리더니 제게 반문합니다.

"한 변이 1센티미터인 사각형도 있고, 2센티미터인 사각형도 있죠?"

"그렇지."

"그럼 길이는 계속 늘어날 수 있어요?"

"그렇지."

"그럼 직사각형이랑 정사각형의 개수는 무한대죠?"

"그렇지."

"그럼 개수는 똑같지 않나요?"

그 순간 말문이 막혔습니다. 직사각형과 정사각형의 개수가 각각 무한대(∞)이기 때문에 서로 개수가 같지 않느냐고 물어보는 지호의 논리가 일면 타당했기 때문입니다. 어디선가 극한의 개념을 미리 배웠다 하더라도 그 내용을 수업에 응용하긴 쉽지 않았을 텐데, 어떻게 그런 생각을 했는지 깜짝 놀랐습니다.

지호가 학교에서 공부하는 모습은 다른 아이들과 확연히 달랐습니다. 책을 읽을 때는 제가 몇 번이나 불러야 눈치를 챌 정도로 집중했고, 의문이 생기는 내용은 끝없이 질문했습니다. 자기가 알지 못했던 분야의 지식을 알게 되면 새로운 지식을 알았다는 기쁨을 온몸으로 표현하기도 했습니다.

시호를 만난 해에는 영재교육에 대해서 심도 있게 공부해야 하나 고민하기도 했습니다. 교육의 질은 교사의 질을 넘지 못한다는데 지호 같은 아이는 제가 가르칠 수 없을 것 같다는 생각이 들었기 때문입니다.

세진이는 과학 시험을 잘 보는 아이였습니다. 시험을 잘 보기는 했지만 수업에 그다지 성실하게 참여하는 편은 아니었습니다. 수업 시간에 옆자리 친구와 자주 장난을 치고 제가 내준 학습지를 풀지 않거나 대충 푸는 경우가 많았습니다. 세진이는 과학영재교육원에 다니고 있었습니다. 영재교육원이 어떠냐고 물어보니 이렇게 답했습니다.

"가기 싫은데 엄마가 가라고 해서 다녀요."

학급담임이 되면 매년 영재교육 대상자를 추천하게 됩니다. 영재교육원이나 영재학급에 지원하기 위해서는 담임교사의 관찰 기록과 추천서가 시스템에 등록되어야 합니다. 관찰해야 하는 아이의 명단을 받으면 난감할 때가 많습니다. 지호처럼 확연히 영재라고 느껴지는 아이도 있지만 그다지 영재라고 할 수 없는 아이도 명단에 들어 있는 경우가 허다하기 때문입니다. 그래서 세진이 같은 학생의 부모에게 영재교육을 희망하니 추천서를 잘 부탁드린다는 연락을 받으면 참으로 난처합니다.

영재교육 대상자를 뽑는 필기시험장은 매년 풍경이 비슷합니다. 아침이 되면 두꺼운 겉옷을 입은 아이들이 시험장으로 들어옵니다. 몇몇 부모님은 고사실 안까지 아이를 배웅하며 문 앞에서 시험을 잘 보라고 "화이팅"을 외칩니다. 교실에 앉은 아이들은 감독관인 선생님을 멀뚱멀뚱 바라보거나 각종 프린트물을 살펴봅니다. 가까이서 보면 대부분 사설 학원에서 마련해준 요약집이나 문제집입니다. 시험이 시작되면 초등학생다운 질문 세례가 이어집니다. 문제지에 풀이 과정을 적어도 되는지, 수정액을 사용해도 되는지, 문제지에도 이름을 써야 하는지 같은 귀여운 질문입니다.

시험을 보는 아이들은 두 부류로 나뉩니다. 시험이 끝날 때까지 문제를 꼼꼼하게 검토하는 부류와 문제를 재빠르게 풀고 남은 시간 동안 엎드려 있는 부류입니다. 답안지를 걷을 때 살펴보면 대체로 전자의 아이들은 성실하게 답을 적은 반면, 후자의 아이들은 엉뚱한 답을 써내거나 심지어 답을 적지 않은 경우가 많습니다.

영재교육진흥법에서는 영재를 "재능이 뛰어난 사람으로서 타고난 잠재력을 계발하기 위하여 특별한 교육이 필요한 사람"으로 정의했습니다. 영재의 구체적인 특성은 영재교육과 선별에 관해 세계적으로 가장 많이 인용되는 렌줄리Joseph Renzulli의 '세 고리 모형Three-Ring Conception of Giftedness'을 참조할 수 있습니다.

렌줄리는 영재의 특성을 세 가지 제시했습니다. 첫 번째는 '평균 이상의 지능'입니다. 보통 아이큐가 극단적으로 높아야 영재라고 생각합니다. 하지만 렌줄리는 지능지수가 약 115 이상이면 충분히 영재교육 대상이 될 수 있다고 합니다. 두 번째는 '창의성'입니다. 창의성은 새롭고, 독창적이고, 유용한 것을 만들어내는 능력으로 요약할 수 있습니다. 세 번째는 '과제집착력'입니다. 과제집착력은 과제 또는 한 분야에 자신의 에너지를 집중시키는 성격적 특성을 가리킵니다. 많은 학자들이 영재의 가장 중요한 요건으로 과제집착력을 꼽습니다.

우리나라에서는 영재의 개념이 다소 다른 것 같습니다. 영재로 선발된 아이들 중에는 단지 선행 학습으로 관련된 과목 지식을 남들보다 먼저 배운 수준에 불과한 경우가 많습니다. 이런 상황에서 영재가 되어 영재교육을 받는 것이 아이에게 도움이 될까 하는 생각이 듭니다. 적어도 시험을 볼 때 귀찮아하며 문제를 적당히 풀고 남은 시간에 엎드려 자는 아이라면 영재교육보다 자기가 하고 싶은 걸 찾아보는 시간이 더 필요하지 않을까요.

일반 학교에서 영재교육은 현실적으로 어렵습니다. 다행히 학교 현장에서 영재교육에 관심을 갖는 선생님이 많아지고, 영재교육원을 비롯해 영재교육을 받을 수 있는 기회도 늘어나고 있습니다. 과거 영재교육은 수학과 과학에만 국한되었지만 최근에는 융합, 정보, 발명, 음악, 미술, 외국어, 문예창작, 체육 같은 분야로까지 확장되고 있습니다.

영재교육이 필요한 아이는 적절한 교육을 받아야 합니다. 하지만 영재교육이 또 다른 형태의 학원이 되어 아이에게 부담을 주어서는 안 됩니다.

친구가
별로 없어요

66 99

한 학년이 끝날 무렵이면 다음 학년을 위해 반 편성을
합니다. 이때 가장 신경 쓰는 부분은 만나게 되면 서로
부정적인 영향을 미치는 아이들을 떨어뜨려놓는 것입니
다. 모든 아이들끼리 서로 좋아하고 화목하면 좋겠습니
다만, 아직 제 역량이 그렇게 할 정도는 되지 않습니다.

붙여놓으면 안 되는 아이들에 관한 정보는 학부모 상
담이나 학급을 운영하면서 겪은 경험을 통해 얻습니다.
유치원 때부터 사이가 좋지 않은 아이들, 자주 싸우는
아이들, 심지어 가족끼리 관계가 나쁜 아이들도 있습니

다. 같은 반일 때 서로 부정적인 영향을 끼치겠다고 판단되면 가급적 다른 반에 편성합니다.

몇 해 전, 반 편성을 할 때 일입니다. 종례 후 연구실에 앉아 있는데 학생 두 명이 슬그머니 문을 열고 들어옵니다. 평소 제가 말을 걸면 웃기만 하는 조용한 아이들이었습니다. 무슨 일이냐고 물어보니 반 편성 때문에 왔다고 합니다.

"예은이랑 다른 반이 되면 좋겠어요."

깜짝 놀랐습니다. 이 두 명의 아이들은 예은이와 교실에서 항상 뭉쳐 다니는 단짝 친구들이었기 때문입니다. 그 이유가 충격적이었습니다.

"자기는 장난이라고 하는데 너무 세게 때려요."

"다른 친구랑 놀면 왜 자기하곤 안 노느냐며 절교한다고 협박해요."

예은이는 목소리가 크고 말도 많이 하는 아이입니다. 논리 정연하게 말을 잘해서 토론 수업에서 돋보이는 편이고, 친구들이 놀고 있으면 자연스럽게 어울리는 성격입니다.

하지만 친해 보이던 이 무리에서 예은이는 환영받지 못하는 존재였습니다. 마지못해 함께 어울리기는 했지만 나머지 두 명의 고민이 이만저만이 아니었던 모양입니다. 하지만 예은이 부모님이 학기 초에 작성한 가정환경 조사서에는 예은이가 사회성이 좋아 친구들에게 꾸준히 인기가 높다고 적혀 있었습니다.

사회성이 높은 것을 친구가 많은 것으로 오해하는 경우가 있습니다. 하지만 사회성이 낮은 아이도 친구가 많은 경우가 적지 않습니다. 사회성은 다른 사람들의 기분과 감정 등을 잘 이해하고 이에 적절히 대처해 원만한 관계를 맺으며 사람들과 소통하는 가운데 즐거움을 나누는 능력입니다. 친구가 많거나 활동성이 높은 것과 사회성은 별개입니다. 사회성이 낮다는 건 미숙한 인간관계를 의미합니다. 미숙한 인간관계는 소외형과 반목형으로 나뉩니다.

소외형은 미숙한 사교술 때문에 다른 사람들과 잘 어울리지 못합니다. 그들은 친밀하고 깊은 인간관계를 맺으려는 욕구가 상당하지만 적절한 방법을 모릅니다.

반목형은 다툼과 대립을 반복해 경험합니다. 타인의 행동에 쉽게 감정이 상하고, 타인의 감성을 상하게 해서 적을 많이 만듭니다. 학교에서 다른 친구와 자주 갈등을 일으키는 유형입니다.

　학급담임이 되면 주기적으로 사회성 측정 검사를 합니다. 친구들에게 평점을 얼마나 받는지 알아내는 검사입니다. 검사지에는 반 아이들의 이름이 모두 적혀 있습니다. 아이들은 내가 그 친구를 얼마나 좋아하는지 1점부터 5점까지 점수를 매깁니다. 쉽게 말하면 일종의 인기투표입니다.

　사회성 측정 검사는 꽤 유용하게 쓰입니다. 학교폭력 피해자를 조기에 발견하고, 반에서 친구들에게 그다지 인정받지 못하는 아이도 발견할 수 있습니다. 관찰만으로는 알아차리기 어려운 것들을 사회성 측정 검사로 찾아낼 수 있습니다. 친구가 많고 활발한 아이가 아니라 조용한 아이가 의외로 높은 점수를 받는 경우가 많습니다. 높은 점수를 받는 아이들과 낮은 점수를 받는 아이들에게는 서로 구분되는 특징이 있습니다.

사회성의 핵심은
친구가 많고 적음이 아니라
공감과 배려에 달렸습니다

바로 사용하는 언어입니다. 높은 점수를 받는 아이들은 정중하게 부탁하는 표현을 사용합니다. 또한 칭찬하거나 인정하는 말을 사용합니다. 반면 낮은 점수를 받는 아이들은 공격적으로 명령하는 표현을 사용합니다. 또한 무시하거나 비난하는 말을 사용합니다.

친구가 그린 그림을 보고 높은 점수를 받는 아이들이 감탄하며 "무척 잘 그렸다"고 말한다면, 낮은 점수를 받는 아이들은 야유하며 "완전 못 그렸다"고 말합니다. 높은 점수를 받는 아이들은 지우개를 "빌려달라"고 부탁하는 반면, 낮은 점수를 받은 아이들은 지우개를 "내놓으라"고 협박합니다. 아이들이 교실에서 어떤 언어를 사용하느냐에 따라 사회적 평판이 결정됩니다.

아이들에게 모범을 보여야 한다는 생각에 저는 가급적 존댓말을 쓰고, 명령하는 말보다 부탁하는 말을 사용합니다. "창문 좀 닫아라"라고 하지 않고 "창문 좀 닫아주세요"라고 합니다. "쓰레기 좀 주워라"라고 하지 않고 "쓰레기 좀 주워주세요"라고 합니다. 그렇게 1년을 보내면 아이들은 교원평가를 할 때 담임선생님의 좋은 점에

"우리 선생님은 부탁하는 말을 사용한다"고 씁니다.

"야! 조용히 좀 해!"

"이거 빨리 하라고!"

"문 좀 닫고 와!"

교실에서 아이들의 공격적인 표현이 무섭게 느껴질 때가 많습니다. 이런 말에는 공포와 폭력이 담겨 있습니다. 당사자가 아닌 선생님인 제가 듣기에도 무서운데 그 말을 직접 듣는 어린아이들은 얼마나 무섭게 느낄까요.

김영하 작가의 말입니다.

"마흔이 넘어서 알게 된 사실 하나는 친구가 사실 별로 중요하지 않다는 거예요. 잘못 생각했던 거죠. 친구를 훨씬 덜 만났으면 내 인생이 더 풍요로웠을 것 같아요."

사회성의 핵심은 친구가 많고 적음이 아니라 공감과 배려에 달렸습니다. 많은 친구를 사귀는 것보다 공감하고 배려하는 사람이 되는 것이 중요합니다. 많은 친구와 만나게 하려고 학원을 보내기보다 부모님이 공감하고 배려하는 말과 행동을 집에서 보여줄 때 아이의 사회성이 자라납니다.

학부모 상담에서 부모님들이 많이 하는 질문이 "우리 아이, 친구는 많나요?"입니다. 하지만 우리 아이가 친구는 많지만 미움받는 아이라면 슬픈 일입니다. 학교 선생님에게 "우리 아이, 친구는 많나요?" 하고 묻는 대신 "우리 아이가 친구를 배려하나요?" 하고 물어봅시다. 억지로 친구를 사귀려고 하기보다 공감과 배려의 말을 사용하면 자연스럽게 좋은 친구를 사귈 수 있습니다.

우리랑
다르게 생겼잖아요

66 99

인터넷을 살펴보다 우연히 게시판에서 이런 글을 읽었습니다.

어제 초등학교 3학년인 우리 딸이 놀이터에서 같은 반 친구를 만났다며 집으로 데려왔습니다. '오늘 아빠 혼자 있는 거 알면서 친구를 데려오냐?'며 꿀밤을 주고 싶었지만 꾹 참고 웃으며 말했습니다.

"그래, 잘 왔다. ○○이랑 같은 반이니?"

얼굴을 보니 다문화가정 친구입니다. 혹시 몰라 가리는 음식이 있는지 물어보니 다 먹는다고 했습니다. 그래서 짜장면을 시켜서 함께 먹었습니다.

둘은 그림을 그리고 게임도 하면서 놀았습니다. 몇 시간이 지나 그 아이는 집에 간다며 자리에서 일어났습니다.

"안녕히 계세요."

"그래, 만나서 기쁘네. 다음에 또 놀러 오거라."

그러자 아이가 당황하며 말했습니다.

"저기… 우리 엄마가 캄보디아 사람인데요…."

"와, 그럼 앙코르와트 가봤니? 아저씨는 못 가봤는데 한번 가보고 싶네."

"그래도 놀러 와도 돼요?"

"당연하지! 엄마한테 허락받으면 여기서 자고 가도 된단다."

이렇게 대답하니 아이가 갑자기 울음을 터뜨렸습니다. 이유가 짐작되어 더 이상 말하지 않고 어깨만 토닥여줬습니다.

나중에 딸에게 물어보니 한마디도 안 하거나 괴롭히는 반 친구들이 많아 그 아이가 학교생활을 힘들어한다고 했습니다. 딸에게 그 친구를 괴롭히는 애들이 있으면 가만히 보고 있지 말고 도와주라고 이야기해줬습니다.

그 아이가 상처받지 않고 같은 한국인으로 당당하게 자랐으면 하는 바람입니다. 우리 딸이 참 착하게 자란 것 같아서 기분이 너무 좋습니다.

*인터넷에 올라온 글을 다듬었습니다.

인터넷에 장난스럽게 쓰인 글이었지만 이 글을 읽고 눈시울이 붉어졌습니다. 소외된 친구를 가까이하고 도움을 주라는 아버지의 교육 방식에 감동했고, 친구를 편견 없이 대하는 아이의 모습에서 훌륭한 부모 밑에 훌륭한 자녀가 있다는 생각을 했습니다.

가장 마음이 쓰인 부분은 이 글에 나온 다문화가정 아이였습니다. 단지 외모가 남들과 다르다는 이유로 어린 나이에 얼마나 많은 상처를 받으며 자라왔을까요. 저도 가까이에서 이런 경험을 한 적이 있기에 남 일 같지 않았습니다.

주아의 어머니는 필리핀 사람이었습니다. 검은 피부와 이국적인 이목구비 때문에 주아의 외모는 남들과 확연히 달라 보였습니다. 주아는 학기 초부터 쉬는 시간

동안 자리에만 앉아 있었고 수업 시간에 발표도 하지 않았습니다. 매년 같은 반이었다던 단짝 친구 한 명만이 주아와 대화를 나누었습니다. 주아는 무척 소극적이고 조용한 아이인 것처럼 보였습니다.

하지만 개인 상담을 할 때나 학급 행사로 외부 활동을 할 때 보면 주아는 무척이나 다른 모습이었습니다. 굉장히 수다스러울 뿐만 아니라 학교 이야기, 좋아하는 연예인 이야기 등을 재미있게 풀어놓기도 했습니다. 하지만 친구들 사이에서는 꿀 먹은 벙어리처럼 있었고 아이들과 어울리지 못했습니다.

다른 아이들과 상담을 할 때 우연히 주아에 대한 이야기가 나왔습니다. 그때 아이들이 했던 말과 지었던 표정이 잊히지 않습니다. 아이들은 주아 이야기가 나오자 미묘한 웃음을 띠며 서로 눈을 마주쳤습니다. 그러고는 한 아이가 "주아는 좀 이상하게 생겼잖아요"라고 했습니다. 선생님인 저에게 이렇게 말할 정도라면 선생님이 없는 자리에서 주아가 얼마나 부당한 대우를 받아왔을지 짐작이 되었습니다. 그 후로 다른 아이들이 주아에게 차별적인 시선을 보내지 않도록 부단히 노력했지만 마음처럼 쉽게 되지 않았습니다. 주아는 그렇게 상처를 안은채 중학생이 되었습니다. 선생님의 역할을 다하지 못한 것 같아 아직도 미안한 마음이 듭니다.

통계청이 2017년에 발표한 다문화 인구통계를 보면 다문화가정 출생아는 1만 8440명으로, 국내 전체 출생아 수(35만 7771명)의 5.2퍼센트를 차지했습니다. 한 반의 학생 수가 스무 명이라고 가정하면 그중 한 명은 다문화가정 아이라는 의미입니다. 결코 적은 수가 아닙니다. 학교에서 다양한 다문화교육이 이루어지고 있지만 다문화가정 아이들은 여전히 크고 작은 차별과 어려움을 겪고 있습니다.

최근 우리 사회에서 문제가 되는 것이 혐오입니다. 여성 혐오, 노인 혐오, 난민 혐오, 성소수자 혐오 등은 우리 사회에 만연한 차별을 불러일으키는 심각한 사회문제입니다. 다문화가정 친구에게 느끼는 부정적인 감정 또한 단순히 싫어하는 감정이 아니라 혐오입니다. 다문화를 인정하지 않고 차별하는 아이는 다른 사회적 약자에게

다문화를 인정하지 않고
차별하는 아이는 다른 사회적
약자에게도 혐오 감정을 갖고
자연스럽게 혐오 표현을 할
가능성이 높습니다

도 혐오 감정을 갖고 자연스럽게 혐오 표현을 할 가능성
이 높습니다.

온라인 커뮤니티에서 "인종차별을 뛰어넘는 할아버
지"라는 제목으로 한 할아버지가 소개되었습니다. 콩고
에서 이주한 라비는 피부색이 검은 흑인입니다. 시장에
서 홍어를 먹는 라비를 보고 지나가던 할아버지가 말을
건넵니다.

"정말 홍어를 잘 먹네! 나도 처음 봤네!"

'전라도 사람이면 홍어를 먹을 줄 알아야 한다'고 대
답하는 라비에게 할아버지가 물어봅니다.

"자네 부모가 전라도 사람인가?"

흑인인 라비를 보고 부모가 전라도 사람이냐고 묻는
할아버지의 물음에서 다문화교육이 나아가야 할 방향을
느꼈습니다. 어쩌면 '다문화 가정'이라는 용어도 이들을
구분 짓는 차별적인 용어일지도 모릅니다. 언젠가는 다
문화 용어라는 말을 사용하지 않을 정도로 우리 사회가
다양성을 인정하고 통합되어야 할 것입니다.

차별받는 친구를 오히려 더 가까이하라는 아버지의

교육 방식에서, 먼저 손을 내밀어주는 아이의 마음에서, 편견을 뛰어넘는 할아버지의 시선에서 우리 아이를 다양성을 인정할 줄 아는 사람으로 가르칠 해법을 찾으셨나요?

장애 학생과
같은 반인 건 좀…

＂ ＂

초등학교에서 각 반의 담임선생님은 어떻게 결정될까요? 학년은 선생님의 희망을 고려해 배정하지만 학급은 재미있게도 제비뽑기로 결정합니다.

선생님들은 개학하기 한두 주 전쯤 학교에 출근해 학년 배정을 받습니다. 같은 학년에 지원자가 많이 몰리면 1순위가 아닌 2, 3위로 원한 학년이나 희망하지 않는 학년에 배정되기도 합니다. 학년 배정 결과가 나온 후에는 학급을 배정합니다. 작년에 담임을 맡은 선생님들이 학급을 편성해 가, 나, 다 등으로 구분지어 놓습니다. 그럼 제비뽑기로 담임을 맡을 반을 뽑습니다. 매년 보는 광경이지만 제비뽑기를 할 때는 어쩐지 웃음이 납니다. 지금 이 순간의 선택이 1년을 결정할 테니까요.

반이 확정되면 우리 반 아이들의 명단을 받습니다. 예전에는 명단에 각 아이의 특성이 적혀 있기도 했는데 요즘에는 선입견을 심어줄 수 있다는 의견에 따라 기초수급 여부, 특수교육 대상 등 행정적으로 필요한 내용만 적습니다.

학급에 장애 학생이 있다면 준비해야 할 일이 있습니다. 가장 중요한 일은 장애 학생이 차별받지 않고 학교에 다닐 수 있는 환경을 조성하는 것입니다. 장애를 이유로 다른 친구들에게 놀림을 받거나 수업에서 불이익을 당하면 곤란합니다. 그래서 미리 장애 정도를 파악해 필요한 준비를 해놓습니다. 가령 청각 장애 학생이 있다면 듣기 자료는 미리 지문으로 준비해놓는다든가, 특수학급과 상의해 시간표를 짠다든가 하는 식입니다. 거동이 불편한 아이라면 이동할 때 도움을 줄 수 있는 방법을 생각하기도 합니다.

통합교육은 장애 학생을 특수학교에서만 가르치는 것이 아니라 일반 학교에서 비장애 학생과 함께 가르치는 교육 방식을 말합니다. 교대 재학 시절 통합교육 강의를 듣기 전까지 저는 장애 학생은 특수학교에, 비장애 학생은 일반 학교에 다니는 것이 당연하다고 생각했습니다. 무지에서 비롯된 잘못된 생각이었습니다.

경식이 어머니는 청각장애인이었습니다. 그래서 의사소통은 전화가 아닌 문자메시지로 이루어졌습니다. 학부모 상담 주간에 경식이 어머니는 면담을 신청했습니다. 경식이 어머니가 상담을 신청한 날에는 세 시 면담한 건을 제외하고는 시간이 비어 있었습니다. 경식이 어머니에게 문자메시지를 보냈습니다.

"보내주신 날짜의 상담 시간은 세 시를 제외하고 괜찮습니다."

어머니는 언제 시간이 괜찮다는 말씀 없이 "네"라는 짧은 답장만 보냈습니다. 일정이 조정되면 연락 주시겠거니 하며 넘겼는데 그 뒤로 깜빡하고 말았습니다.

결국 상담일에 문제가 생기고 말았습니다. 세 시에 다

른 학부모와 면담을 하고 있는데 경식이 어머니가 수화통역사와 함께 교실을 찾아오신 겁니다. 지금 상담 시간이 아닌데 어째서 오셨냐고 물으니 경식이 어머니는 제가 보낸 문자메시지를 보여주면서 세 시에 상담하기로 하지 않았느냐고 반문하셨습니다. 제가 의사소통에 문제가 있었던 것 같은데 지금 이미 면담 중이라 조금만 기다려달라고 하니 경식이 어머니는 수화통역사와 약속한 시간 때문에 그러기 곤란하다고 말씀하셨습니다. 다행히 면담 중이던 다른 학부모가 배려해주셔서 경식이 어머니와 먼저 상담할 수 있었습니다.

저는 분명히 세 시만 아니면 괜찮다고 말씀드렸는데 어째서 면담 시간을 세 시로 알고 오셨는지 궁금했습니다. 특수학급 선생님에게 여쭈어보니 청각장애인이 사용하는 수어(수화)는 한국어가 아니라 또 다른 언어라며, 청각장애인과 글로 의사소통을 하더라도 문장을 이해하기 쉽게 써야 한다고 알려주셨습니다. 학교에서 장애이해교육 수업을 하던 제가 장애에 대한 기초적인 지식도 없었던 셈입니다.

장애에 대한 무지로 저는 사회생활에서 어려움을 겪었습니다. 만약 경식이 어머니가 학부모가 아니라 중요한 거래처 관계자나 취업 면접관이었다면 저는 더 큰 곤란에 처했을 것입니다.

장애 학생 때문에 우리 아이가 불편해지거나 좋지 않은 영향을 받을까 봐 걱정하는 학부모도 있습니다. 하지만 거의 매년 장애 학생이 있는 학급을 맡았던 입장에서 보면 통합교육은 장애 학생이나 비장애 학생 모두에게 도움이 된다고 생각합니다. 통합교육이 이루어지는 교실에서 장애 학생은 자신의 능력을 최대한 발휘할 수 있고, 비장애 학생은 배려를 배우고 다양성을 인정하게 됩니다.

영어 시험을 볼 때 청각 장애가 있는 은정이에게 듣기 지문을 주자 뒷자리에 앉은 준성이가 이건 역차별이 아니냐며 이의를 제기한 적이 있습니다. 보는 것이 듣는 것보다 쉬우니 은정이에게 유리한 시험이라는 주장이었습니다. 시험이 끝난 후 이 사건을 두고 아이들과 진정한 평등과 정의가 무엇인지 토론했습니다. 선생님인 제가 "이건 역차별이 아니야" 하고 넘어갈 수도 있지만 아이들 사이에서는 선생님이 하는 말보다 친구들이 하는 말이 더 힘을 발휘합니다. 이른바 또래압력입니다.

"은정이에게 듣기 지문을 주는 것이 불공평하다고 생각하는 학생 있나요?"

시험 시간에 이의를 제기한 준성이가 손을 번쩍 듭니다. 이내 손을 든 사람이 자기뿐이라는 사실을 알아차리고는 머쓱한 표정을 짓습니다. 하지만 그 이유를 물어보자 제법 논리적으로 자기 의견을 펼칩니다.

"영어 듣기는 한번 지나가면 다시 들을 수 없는데, 지문이 있으면 반복해서 읽을 수 있으니까 은정이가 더 유리하다고 생각합니다."

준성이의 발표가 끝나자마자 반대 의견을 가진 아이들이 우르르 손을 듭니다.

"하지만 듣기 지문이 없으면 은정이는 그 문제를 풀수 없습니다."

"은정이는 듣고 말하기 활동에 참여할 수 없어서 영어 공부를 할 때 다른 친구들보다 어려움을 겪습니다."

통합교육의 진정한 목표는
나 혼자가 아닌 더불어 살아가는
능력을 키워주는 데 있습니다

"시험은 자기가 모르는 걸 알기 위해 보는데 은정이에게 지문을 준다고 해서 다른 사람이 피해를 보지는 않습니다."

친구들의 의견에 준성이는 마땅한 반박 의견을 내놓지 못했습니다. 이런 상황에서 준성이에게 "아직도 역차별이라고 생각하느냐"고 묻는다면 "패배를 인정하느냐"고 묻는 셈입니다. 준성이의 생각을 확인하는 대신 평등이 무엇인지 고민해볼 수 있는 몇 가지 사례를 들려줬습니다. 실력이 낮은 사람은 돌 몇 개를 미리 얹어놓고 경기를 시작하는 접바둑, 소득에 따라 세율이 달라지는 종합소득세, 장애인의 턱없이 낮은 취업률을 높이기 위해 제정된 장애인 의무고용제…. 준성이는 그 어느 때보다 제 이야기에 귀를 기울였습니다. 이런 기회가 아니었다면 준성이는 평등에 관해 잘못된 생각을 가진 채 어른이 되었을 테고, 이런 태도는 자기 자신에게나 사회에나 부정적인 영향을 미쳤을 것입니다.

우리나라 인구 5000만 명 중에 등록 장애인은 250만 명이 넘습니다. 또한 등록 장애인 중 후천적으로 장애인이 된 비율은 약 90퍼센트입니다. 200명 중 열 명이 장애인이고, 장애인 열 명 중 아홉 명은 후천적 장애인이라는 의미입니다. 단순히 계산하면 비장애인 스무 명 중한 명은 후천적으로 장애인이 될 가능성이 있다는 말입니다. 한 학급이 20~30명 정도니 어른이 되었을 때 그중한두 명은 장애인이 될 수 있습니다. 장애인에 대한 차별은 언젠가 나에게 돌아올지도 모르는 일입니다.

학교에서는 매년 의무적으로 장애이해교육을 합니다. 장애에 대해서 배우고 장애인을 차별하면 안 된다는 것도 배웁니다. 휠체어를 타거나 시각장애인용 흰지팡이를 사용하면서 장애를 체험해보기도 합니다. 하지만 우리 사회는 여전히 장애에 대해 무지하고 무관심합니다. 장애자, 장애우, 비정상인처럼 잘못된 표현을 사용하거나 장애인이라는 단어에 비하의 의미를 담아 사용하기도 합니다. 식당이나 상점에서 안내견 출입을 막는 경우도 심심찮게 볼 수 있습니다. 어른들이 장애인에게 차별적인 시선을 보낸다면 아이들은 그런 시선을 먼저 배웁니다.

통합교육은 장애인을 배려하고 이해하자는 교육이 아닙니다. 통합교육의 진정한 목표는 나 혼자가 아닌 더불어 살아가는 능력을 키워주는 데 있습니다.

이상한 게 아니라
조금 산만할 뿐이에요

❝ ❞

1학년 아이들에게 학교는 신기한 곳입니다. 유치원과 달리 교실에 커다란 칠판이 있는 것도, 창가에 창문이 가득한 것도 신기해합니다. 개나리반, 병아리반, 햇살반처럼 반 이름이 정겹지 않고 1반, 2반처럼 숫자로 된 것을 낯설어하기도 합니다.

수호는 다른 친구들보다 유독 호기심과 질문이 많은 1학년 아이였습니다. 처음 등교한 날, 수호는 수업이 모두 끝났는데도 방과 후 교실에 가야 한다며 교실에 남아 있었습니다. 교실 곳곳을 살펴보던 수호는 종이 울리자

깜짝 놀라며 교실에서 왜 갑자기 종소리가 나느냐고 물었습니다. "수업이 끝났다고 알려주는 거야" 하고 대답하는 저에게 수호는 여기에는 아무도 없는데 어째서 종소리가 들리느냐고 반문했습니다.

"5, 6학년은 아직 수업 중이거든."

"그럼 거기만 소리가 나면 되지, 왜 여기서도 소리가 나요?"

합리적인 논리에 저도 모르게 말문이 막혀 대답 대신 픽 웃고 말았던 기억이 떠오릅니다.

수호는 수업 시간에 의자를 까딱거리거나 손장난을 자주 하는 편이었습니다. 또 눈을 자주 깜빡거리고 가끔 "악" 하며 쳇소리를 냈습니다. 여느 아이들과 확연히 다른 모습에 틱(tic, 근육의 불수의 운동을 일으키는 신경병)이나 ADHD를 의심했지만 저는 의사가 아니기에 섣불리 판단할 수 없는 일이었습니다. 시간이 지나면 괜찮아질까 싶어 기다려봤지만 수호의 증상은 나아지지 않았습니다. 아무래도 수호 부모님에게 말씀드려야 할 것 같았습니다. 그때부터 걱정이 시작됐습니다. 저의 의도와는 달리 자칫 우리 아이를 이상하게 취급하는 못된 선생님이 될까, 선생님이 우리 아이를 미워하고 문제가 있는 것처럼 몰아간다는 책망을 들을까 하고 말입니다.

고민은 의외로 쉽게 해결됐습니다. 학부모 상담 주간에 학교를 방문한 수호 어머니가 우리 아이가 ADHD인 것 같다고 먼저 말을 꺼내셨기 때문입니다. 덕분에 수호의 학교생활을 허심탄회하게 털어놓을 수 있었습니다. 수호 어머니는 그럴 거라 예상은 했지만 막상 이야기를 들으니 걱정이 많이 된다고 하시며 대처 방안에 대해 저와 의견을 나누었습니다. 저는 전문가에게 진단을 받아보길 권유했고, 그 후 수호는 ADHD 진단을 받고 심리 치료와 약물 치료를 병행하면서 1학년을 무리 없이 보냈습니다.

ADHD^{Attention Deficit Hyperactivity Disorder}는 '주의력 결핍 및 과잉행동 장애'를 의미합니다. 우리는 장애라는 용어 때문에 이 병을 과도하게 걱정하는 경향이 있습니다. 하지만 여기서 장애는 흔히 떠올리는 장애^{Disability}가 아닌 '질병으로서의 장애^{Disorder}'를 의미합니다. ADHD의 유병률

(어떤 시점에 일정한 지역에서 나타나는 그 지역 인구에 대한 환자 수의 비율)은 초등학생 기준 6~10퍼센트 정도로 알려져 있습니다. 학교에서 문제를 많이 일으키거나 산만해서 수업에 집중하지 못하는 아이들 중에서 그 정도가 심한 순서대로 다섯 명을 뽑는다면, 그중 두세 명은 ADHD일 가능성이 있습니다.

흔히 폭력적이고 부산한 아이들만 ADHD라고 생각합니다. 하지만 조용한 ADHD 아이도 있습니다. ADHD의 증상은 주의력 결핍, 과잉행동 및 충동성입니다. 이 가운데 한 가지 증상만 나타날 수도 있고 여러 증상이 복합적으로 나타날 수도 있습니다.

주의력 결핍인 아이들은 부주의한 실수를 저지르거나 물건을 자주 잃어버립니다. 과잉행동과 충동성을 보이는 아이들은 의자에 가만히 앉아 있지 못하고, 다른 사람의 활동을 방해하기도 하며, 질문이 끝나기 전에 성급하게 대답해버리기도 합니다(이러한 모습을 보인다고 해서 모두 ADHD는 아닙니다. 정확한 진단은 전문가에게 받아야 합니다).

ADHD가 의심된다고 말씀드리면 대부분의 부모들

산만한 아이들은 뇌 회로가
여느 아이들보다 조금
다르게 작동하는 것뿐입니다

은 아이가 '게임이나 좋아하는 활동을 할 땐 집중을 잘한다'고 이야기합니다. 집중을 잘하는 분야가 있으니 ADHD는 아니라고 생각합니다. 하지만 주의력과 집중력은 다릅니다. 좋아하는 것에 집중력을 발휘한다고 해서 주의력도 좋다고 할 수는 없습니다. 주의력은 필요한 데만 주의를 기울이고 그렇지 않은 곳에는 주의를 거둘 수 있는 일종의 조절 능력입니다. 반면 집중력은 한 가지에 몰입할 수 있는 능력입니다. ADHD 아이들도 대부분 몰입할 수 있는 능력은 있습니다. 오히려 지나치게 몰입하는 경우가 더 많습니다. 이 아이들은 게임이든 놀이든 지나치게 몰입하기에 정작 해야 할 일을 소홀히 할 때가 잦습니다. 자기가 좋아하지 않는 활동이라도 필요할 때는 어느 정도 집중할 수 있어야 ADHD가 아니라고 할 수 있습니다.

ADHD에는 70퍼센트 가량의 유전적 원인, 30퍼센트 가량의 환경적 원인이 있다고 합니다. 주의력이 부족하거나 산만하다고 해서 혼을 내는 것은 마치 '왜 키가 빨리 안 자라느냐'고 혼내는 것과 마찬가지입니다. 이 아이들에게 필요한 것은 꾸중이 아닌 적절한 치료입니다. 하지만 ADHD 아동 가운데 치료를 받고 있는 아이들은 많지 않습니다. ADHD 진단을 받은 아이들은 약 6.5퍼센트인데 그중 실제 치료를 받고 있는 아이들의 비율은 약 11퍼센트에 불과했습니다. ADHD 아동 열 명 중 한 명만이 적절한 치료를 받고 있는 셈입니다.

학교에서 아이들을 가르치다 보면 전문가의 도움을 받으면 좋겠다는 생각이 드는 경우가 있습니다. 하지만 이런 모습을 발견한다고 해도 학부모에게 바로 말하기는 어렵습니다. 기다려주고 칭찬해주면 잘할 텐데 선생님이 우리 아이만 미워한다는 오해를 사거나, 작년 담임 선생님은 안 그랬는데 올해는 선생님을 잘못 만나서 우리 아이가 이렇게 됐다는 볼멘소리를 들을까 걱정이 되기 때문입니다. 그렇지만 ADHD라고 해서 몹쓸 정신병도 아니고, 신체장애와 같이 치명적 뇌 결함도 아닙니다. 다만 뇌 회로가 여느 아이들보다 조금 다르게 작동하는 것뿐입니다.

전문적인 치료를 받은 수호는 문제행동이 줄어들면서

자신의 능력을 힘껏 발휘할 수 있었습니다. 수호는 다른 친구들보다 더 창의적인 그림을 그렸고, 수업 시간에 수호가 하는 질문은 저에게 생각할 거리를 많이 던져주기도 했습니다.

현대사회가 규칙과 제도, 조직과 체계를 강조하는 탓에 ADHD가 이상하게 보이기도 합니다. 하지만 에디슨, 아인슈타인, 모차르트, 피카소처럼 우리가 잘 아는 위인들도 ADHD였다는 기록이 있습니다. 적절한 치료와 동시에 ADHD 진단을 받은 아이가 잠재력을 발휘할 수 있도록 환경을 바꾸어준다면 다양한 분야에서 높은 성취를 이루리라 믿습니다. 지금은 학교에서 천덕꾸러기 취급을 받는 아이가 세상을 바꿀지도 모르는 일입니다.

애들한테
양성평등교육은 좀···

66 99

"국어사전 옮기는 걸 도와줄 사람?"

다음 시간에 국어사전이 필요해 교실에서 외치니 몇몇 아이들이 손을 번쩍 듭니다. 슬쩍 살펴보고 체격이 큰 남학생 몇 명을 골라 지목했습니다. 그때 지혜가 볼멘소리를 합니다.

"여자도 할 수 있는데 왜 남자만 시켜요?"

순간 등골이 서늘해졌습니다. 제가 말로만 듣던 성차별 교사가 된 것입니다.

"옮기고 싶은 사람은 다 따라오세요!"

재빨리 말을 바꾸니 아이들이 우르르 따라옵니다. 수업이 끝나고 아이들이 돌아간 뒤에도 지혜의 목소리가 귓전을 맴돕니다. 남녀차별을 하지 않겠다고 나름대로 노력했지만 저도 모르는 사이 무거운 물건은 남학생이 옮긴다는 성차별적 사고에 사로잡혀 있었던 것입니다.

고학년 여학생들에게 꿈이 무어냐고 물어보면 현모양처라고 대답하는 아이들이 꽤 있습니다. 대개는 현모양처라는 단어가 주는 부드러움과 한자어에서 비롯된 고풍스러움에 장난처럼 대답하는 경우였습니다. 이런 말을 들으면 어떻게 반응해야 할지 난감합니다. 한 여성 인권운동가는 "현모양처는 여성들의 삶에 족쇄를 씌우는 악마의 언어다"라는 주장까지 했습니다. 남자인 제가 "그래, 현모양처는 좋은 꿈이야"라고 했다가는 여성의 역할을 현모양처로 한정 짓는 남성우월주의자가 될 것만 같습니다. 그렇다고 "현모양처는 여성의 역할을 한정 짓는 꿈이야"라고 말하면 아이의 꿈을 짓밟는 게 되겠지요. 그래서 이런 말을 들으면 "그렇구나" 하고 맙니다.

페미니즘은 여성의 권리 및 기회의 평등을 핵심으로

하는 사회적·정치적 운동입니다. 혹자는 학교에서 페미니즘 교육을 해야 한다고 합니다. 하지만 저는 학교에서의 페미니즘 교육이 오히려 남녀 아이들 사이에 혐오와 갈등을 조장할 수도 있겠다는 걱정이 듭니다. 그래서 페미니즘보다는 양성평등이라는 단어가 더 적합하지 않나 싶습니다.

아이들에게 집에서 양성평등을 잘 실천하고 있느냐고 물어보면 대체로 그렇다고 대답합니다. 요즘에는 실제로 가정에서도 비교적 양성평등이 잘 실천되고 있는 것 같습니다. 엄마가 식사 준비를 하거나, 아빠가 전구를 교체하는 등의 양성불평등 사례를 나타낸 삽화를 보고 "우리 집은 그렇지 않다"고 반응하는 아이들이 대부분입니다. 심지어 "우리 집은 엄마가 아빠한테 잔소리를 하고 때리기도 해요"라고 농담처럼 말하는 아이들도 있습니다. 이런 말을 들으면 아이들은 웃음을 터트립니다. 하지만 페미니즘이나 양성평등은 여성이 남성보다 우월하다는 의미가 아닙니다. 가정에서 이런 모습은 잘못된 성평등 관념을 심어줄 수 있습니다.

학교와 가정에서 양성평등교육을 꾸준히 하지만 여전히 아이들 사이에서는 남녀 간 보이지 않는 벽이 느껴집니다. 학용품을 나눠줄 때 여전히 남학생은 파란색을, 여학생은 분홍색을 선호합니다. 고학년이 되면 군대와 출산을 주제로 열띤 토론이 이루어지기도 합니다. 여학생들의 폭력은 다소 둔감하게, 남학생들의 폭력은 민감하게 받아들이는 경향도 있습니다. 수업 시간에는 양성평등에 대해 똑똑하게 발표하다가 쉬는 시간에는 자연스럽게 남녀를 차별하는 아이들을 보면 혼란스럽기도 합니다.

생각해보면 학교에서도 인식하지 못하는 사이에 성별에 따라 불필요한 구분과 차별이 여전히 존재합니다. 해마다 순서를 바꾸기는 하지만 여전히 남녀를 구분해서 학급 번호를 부여합니다. 짝을 정할 때는 남녀의 비율을 맞추고 줄을 세울 때는 남녀를 구분합니다. 학급 안내판에는 남녀 학생 수를 구분해서 표기해놓습니다. 가만 보니 표기 순서에서는 항상 남자가 먼저였습니다.

"10분 더 공부하면 마누라 얼굴이 바뀐다", "10분 더 공부하면 남편 직업이 바뀐다" 같은 말이 급훈으로 유행했던 적이 있습니다. 학교가 성평등에 무지했기 때문에 벌어진 참사입니다. 다행히도 요즘 학교에서는 양성평등교육을 중요하게 생각합니다. 의무적으로 양성평등교육을 해야 하는 시간도 확보되어 있습니다. 교과서에서는 성차별적인 요소를 없애기 위해 노력합니다. 요즘에는 남자가 1번인 번호 체계를 따르는 학교는 거의 없습니다. 성별에 상관없이 가나다순으로 하거나 해마다 번갈아가면서 앞 번호를 배정합니다.

제가 초등학생이던 시절에는 남자는 1번부터, 여자는 61번부터 번호를 배정받았습니다. 당시 학교에서도 양성평등교육을 했지만 이런 번호 체계에는 그 누구도 이의를 제기하지 않았습니다. 이런 분위기에서 아이들은 남자가 여자보다 앞선다는 성차별적인 사고를 내면화하면서 자랐을 것입니다. 이런 환경에서 배우고 자란 선생님이 아이들에게 성평등을 가르치기는 참으로 어려운 일입니다. 의식하지 못하는 순간에 아이들이 그렇게 싫어하는 남녀차별을 하는 선생님이 되어버립니다.

제가 초등학교 3학년 때 치렀던 도덕 시험이 기억납니다. 오늘날의 모습으로 옳은 것을 고르는 문제였습니다. 여러 보기 중 저는 "③제사는 남자만 지낸다"를 정답으로 골랐습니다. 왜냐하면 당시 시골에서 제사를 지낼 때 여자 어른들은 모두 부엌으로 물러나 있고 남자 어른들만 제사에 참여했던 모습이 떠올랐기 때문입니다. 하지만 제가 고른 보기는 정답이 아니었습니다.

당시에도 여자들 역시 제사에 참여하는 분위기였는데 유독 저희 집에서만 시대의 흐름을 따라가지 못한 모양이었습니다. 제가 직접 경험한 것을 정답으로 골랐는데 그만 틀리고 말았습니다. 요즘에는 남자와 여자가 모두 제사에 참여한다고 수업 시간에 분명 배웠을 터입니다. 하지만 수업 시간에 배운 내용은 기억나지 않고 직접 겪은 경험만 기억에 남아 있었습니다.

"여자도 할 수 있는데 왜 남자만 시켜요?"

지혜의 한마디에 스스로를 돌아봅니다. 아이들에게 양성평등을 지식이 아닌 경험으로 가르쳐야겠다는 생각을 해봅니다.

3부

저는 단지 1년뿐입니다

학교 상담은
어떻게 해야 하나요

66 99

교실 문이 드르륵 하고 열리더니 옆 반 학생이 가정통신문을 한 뭉텅이 들고 교실로 들어옵니다. 가정통신문의 제목은 '학부모 상담 주간 안내장'입니다. 매 학기 돌아오는 상담 주간이 이번에도 어김없이 찾아왔습니다.

제 경력이 얼마 되지 않았을 때 일입니다. 그날의 마지막 상담은 재우 어머니였습니다. 재우는 숙제를 거의 하지 않았고, 수업 시간에 자주 졸았으며, 친구들과 싸움이 잦은 아이였습니다. 상담을 하지 않겠다고 회신한 신청서를 받고도 재우 어머니에게 굳이 전화를 드려 학교에서 한번 뵈면 좋겠다고 말씀드렸습니다. 근심 가득한 표정으로 재우 어머니가 교실 뒷문을 열고 들어오셨습니다.

"재우한테 문제가 많죠?"

재우 어머니는 마치 혼날 준비가 되어 있다는 듯이 한숨을 쉬며 말을 꺼냈습니다. 저는 웃으며 답했습니다.

"제가 재우 흉을 보거나 문제점을 지적하려고 어머님을 뵙자고 한 게 아닙니다. 맨날 혼나고 친구들과도 잘 어울리지 못하는데 재우가 얼마나 학교 오기가 싫겠어요? 저는 재우가 행복하게 학교생활을 했으면 좋겠는데 어떻게 하면 좋을지 몰라서 어머님과 함께 방법을 찾아보고자 오늘 뵙자고 했습니다. 저보다는 어머님이 재우에 관해서는 이 세상 누구보다 잘 아실 테니까요."

제 말을 들은 재우 어머니는 예상외의 반응에 깜짝 놀라는 표정을 짓더니 이내 말문을 열었습니다. 재우가 PC방 출입이 잦아지더니 이제는 엄마 말도 듣지 않는다는 걱정부터 남편과 이혼한 이유, 재혼 후에도 힘들었던 결혼 생활까지 시시콜콜한 부분을 전부 털어놓으셨습니다. 이런 이야기는 학교에서 한 번도 하지 않았다는 말씀을 덧붙이시면서요.

문제는 상담이 두 시간이나 계속되었다는 것입니다. 나중에는 자서전을 쓸 수 있을 만큼의 분량이 되었고 저는 이 자리를 어떻게 정리해야 할지 몰라서 하염없이 듣고만 있었습니다. 저도 모르게 지친 기색을 내비쳤는지 두 시간이 지났을 무렵 재우 어머니가 "어머, 제가 말이 너무 많았죠?" 하시더니 자리에서 일어나셨습니다.

"이야기 들어주셔서 감사합니다. 우리 재우 잘 부탁드려요."

교대 재학 시절에는 학부모 상담에 관한 강의를 들은 적이 없습니다. 그래서 신입 교사 시절에는 학부모 상담이 마냥 두렵고, 학부모를 만나도 무슨 말을 해야 할지 몰라 고민을 많이 했습니다. 꿔다 놓은 보릿자루처럼 서로 침묵 속에 상담 시간이 끝나기만을 기다린 적도 있고, 학부모의 훈계나 끝도 없는 인생사를 들은 적도 있습니다. 너무 답답해서 《초등교사를 위한 학부모상담 길잡이》라는 책을 몇 번이나 읽었는지 모릅니다.

서당 개 3년이면 풍월을 읊는다고 했던가요. 시간이 지나니 제법 노하우가 쌓였습니다. 꽤 능숙하게 대화를 이끌어나가고, 정해진 시간 안에 상담을 마칠 수 있게 되었습니다. 학부모들이 무슨 말을 할지도 예상할 수 있게 되었고요.

학부모들이 궁금해하는 것은 교우 관계, 성적, 생활 태도 이 세 가지입니다. 재미있는 사실은 소극적인 아이의 학부모는 교우 관계를, 교육열이 높은 학부모는 성적을, 성격이 활발한 아이의 학부모는 생활 태도를 먼저 물어본다는 점입니다. 아이의 성향에 따라 부모의 질문 순서나 내용이 달라지는 것이 흥미롭습니다. 어느 해에는 "제가 엄마가 처음이라…"라는 말로 말문을 여는 학부모가 많았습니다. 아마 어느 자녀 교육서의 제목이었거나 텔레비전에서 유행했던 말이었겠지요.

학부모 상담을 할 때 아이의 단점은 가급적 이야기하지 않습니다. 대체로 자기 자식의 흠은 부모가 먼저 알고 있는 경우가 많기도 하고, 선생님이 우리 아이를 미워하고 있다는 인식을 심어줄 우려가 있기 때문입니다.

어쩌면 제가 단점이라고 생각하는 것 자체가 그 학생에 내한 편견일 수도 있습니다. 하지만 정도가 너무 지나친 경우에는 말을 꺼낼 수밖에 없습니다. 혹시 학교 선생님이 우리 아이의 고칠 점을 이야기한다면 제법 큰 결심을 하고 말을 꺼냈을 가능성이 높습니다.

"학부모님이 상담할 때 자꾸 반말을 해요."

매 학기 상담 시즌이 되면 초등학교 선생님들이 모인 온라인 커뮤니티에는 이런 고민 글이 자주 올라옵니다. 학교에서 상담할 때 주의해야 할 점을 몇 가지 알려드리겠습니다.

첫째, 반말은 금물입니다. 자기보다 어린 선생님이라고 해도 공적인 자리에서 만나는 만큼 존댓말을 사용해야 합니다. 간혹 중간중간 말을 놓는 반존대를 사용하는 학부모도 많습니다. 상담 중 학부모가 반말이나 반존대를 사용하면 대화 내용은 귀에 들어오지 않고 학부모의 거슬리는 말투에만 온 신경이 집중됩니다.

둘째, 사생활을 주제로 이야기해서는 안 됩니다. 몇 살이냐, 애인은 있느냐, 결혼은 했느냐… 마치 선생님을 친구처럼 대하며 사적인 질문을 던지는 학부모가 제법 있습니다. 특히 "선생님이 아직 애가 없으셔서…"라는 말은 피해야 합니다. 물론 자녀가 있고 없음에 따라 교사가 학생을 바라보는 관점이 달라지는 것은 사실입니다. 그렇지만 이 말을 꺼내면 마치 '애가 없기 때문에 선생님으로서 자격이 부족하다'는 것처럼 들립니다. 가정에서 아이를 양육하는 것과 학교에서 많은 아이들을 가르치는 것은 비슷해 보이지만 분명 다른 영역입니다.

셋째, 상담은 미리 약속하는 편이 좋습니다. 선생님이 학교에서 수업만 하는 것 같지만 수업이 끝나고도 회의 참석이나 행정 업무 등 해야 할 일이 많습니다. 나름의 계획에 맞춰 일을 하는데 갑자기 잠깐이면 된다며 학부모가 교실로 찾아오거나 상담 전화를 걸어오면 난감합니다. 상담하고 싶은데 언제면 좋겠느냐고 문자나 전화로 서로 약속을 먼저 하는 편이 좋습니다.

일요일 밤 아홉 시에 갑작스럽게 전화를 걸어 한 시간이나 자녀 고민을 털어놓고는 들어주어서 고맙다는 말로 전화를 끊어버린 학부모가 있었습니다. 특별히 조언을 구하는 것도 아니면서 한 시간 동안 자기 이야기만 늘어놓았습니다. 공휴일에나 퇴근 시간 이후에는 가급적 연락하지 않는 편이 좋습니다. 집에서 쉴 때는 선생님도 재충전의 시간이 필요하기 때문이지요.

많은 선생님이 공통적으로 하는 말이 있습니다.

"정작 상담이 필요한 학부모는 학교에 오지 않는다."

문제행동을 하는 아이는 아이 자체만 보고 지도하기가 매우 어렵습니다. 가정환경은 어떠한지, 부모의 양육 태도는 어떠한지를 종합적으로 알아야 적절한 지도 방안을 세울 수 있습니다. 하지만 대개 학교에서 문제 학생으로 낙인찍힌 아이의 학부모는 상담에 잘 오지 않습니다. 자녀 교육에 그다지 관심이 없는 경우도 있고, 그렇지 않더라도 학교에 와봤자 좋은 소리를 듣지 못할 게 뻔하니까요.

적어도 한 번은 학교에 들러 선생님을 직접 만나고 상담하기를 권합니다. 학교에 면담을 하러 오면 우선 자녀에게 관심이 많은 부모라는 인상을 줄 수 있습니다. 보통 어머니만 학교에 오는 경우가 많지만 사실 자녀 교육은 엄마 혼자가 아니라 부모 공동의 책임입니다. 그래서 부모가 함께 방문하면 더욱 좋습니다. 시간이 꽤 지나도 부모가 함께 학교에 온 경우는 기억에 더 잘 남고, 그 아이에게도 알게 모르게 더 관심이 갑니다.

학부모 상담 신청서를 전부 수합하고 나면 상담 일정표를 짭니다. 이번에는 상담 신청을 몇 명이나 했는지, 그중에서도 면담 신청자는 몇 명인지 확인해봅니다. 수업이 끝나고 다른 반 선생님들과 모여 이번에는 몇 명이나 면담을 신청했느냐고 서로 묻습니다.

"저희 반은 거의 면담이에요. 이번에는 좀 힘들겠네요."

면담을 많이 해야 해서 힘들겠다는 말처럼 들리지만 사실 '나는 이만큼 학부모들이 찾아와서 이야기를 나누고 싶어 하는 선생님'이라는 속뜻이 담겨 있습니다. 올해에는 몇 분이나 저를 만나러 오실까요?

제가
5점 드렸어요

66 99

제가 기억하기로 가장 어렸을 때 봤던 시험은 초등학교 1학년 때 치른 받아쓰기입니다. 저는 70점, 친구는 100점을 받은 장면이 생생하게 떠오릅니다. 빨간색 색연필로 작대기가 세 개 그어진 시험지를 불안에 떨며 집으로 가져가던 그때부터 저는 끊임없이 시험과 함께하며 자라왔습니다.

받아쓰기, 단원평가, 중간고사, 기말고사, 모의고사, 수학능력시험까지 무수히 많은 시험과 싸워왔고 마침내 임용시험까지 치게 되었습니다. 임용시험 결과가 나오는 날, 컴퓨터 모니터에서 '합격'이라는 글자를 보고 '내 인생에 더 이상 시험은 없다'고 생각했습니다. 그러나 그건 착각이었습니다. 진짜 시험은 그때부터 시작이었습니다.

쉬는 시간에 삼삼오오 모여 수다 떠는 아이들을 보다가 예서와 눈이 마주쳤습니다. 그 순간 예서가 능청스러운 표정으로 한쪽 눈을 찡긋하고는 이렇게 말했습니다.

"선생님, 제가 5점 드렸어요."

무슨 말인가 생각해보니 교원평가 이야기였습니다.

교원평가는 '교원능력개발평가'의 줄임말입니다. 명칭을 해석해보면 선생님의 능력을 개발하려는 목적으로 시행된 제도임을 짐작할 수 있습니다. 그런데 자세히 들여다보면 과연 그 목적을 달성할 수 있을지 의문입니다.

교원평가 기간이 되면 담당 선생님에게 관련 연수를 받습니다. 연수 내용은 매년 비슷합니다. 교원평가에 부당하게 개입하지 말 것, 비밀을 보장받을 수 있는 환경을 제공할 것 같은 내용입니다. 참여율이 높도록 아이들을 독려해달라는 말도 빠지지 않습니다.

연수가 끝나고 며칠이 지나면 담당 선생님에게 학교 메신저로 메시지가 옵니다.

"나이스(NEIS, 종합교육행정정보시스템)에 들어가서 교육활동 소개 글을 입력해주세요."

그러면 교원평가 페이지에 기재될 교육활동 소개 글을 작성해야 합니다. 제가 이만큼 열심히 아이들을 가르치고 있다고 최대한 생색을 내야 합니다. 기억을 짜내 제가 무슨 일을 했는지 그럴듯하게 포장합니다.

며칠이 지나면 학생들의 인적 사항과 인증 번호가 표로 인쇄된 A4 용지 몇 장이 교실에 도착합니다. 인증 번호를 학생별로 잘라 교원평가 안내장과 함께 아이들에게 나누어주며 당부합니다.

"인증 번호는 받자마자 풀로 알림장에 붙이고, 오늘 집에 가면 꼭 교원평가에 참여하세요."

교원평가 기간이라는 사실을 잊을 때쯤 담당 선생님에게 메시지가 옵니다.

"교원평가 참여율이 저조합니다. 학생과 학부모님에게 참여를 독려해주세요."

아이들에게 "교원평가 안 한 사람?" 하고 물어보면 절반 정도가 손을 듭니다.

오늘 집에 가서 꼭 하라고 말하면 두세 명이 쭈뼛거리며 교탁으로 옵니다.

"인증 번호 종이를 잃어버렸어요."

나이스에 들어가 인증 번호를 찾아 출력한 다음 칼로 잘라 다시 나눠줍니다. 이 일은 몇 번 더 반복됩니다. 또 몇 명은 집에 있는 컴퓨터가 고장 나서 못 한다고 합니다. 그럼 교실 컴퓨터를 내주고는 끝날 때까지 교실 뒤쪽에서 기다립니다. 아이들이 모두 돌아가면 핸드폰을 꺼내 학부모에게 단체 문자메시지를 보냅니다.

"교원평가 참여율이 저조합니다. 바쁘시겠지만 참여 부탁드립니다."

우여곡절 끝에 교원평가가 끝나면 그 결과를 볼 수 있습니다. 가장 먼저 조회하는 부분은 학생 응답입니다. 학생들은 선생님을 칭찬하기도 하고 선생님에게 바라는 점을 적기도 합니다. 간혹 체육 시간을 늘려달라는 제 능력 밖의 요구를 하기도 하지만 대부분은 귀엽게 웃어

넘길 수 있는 내용입니다. 아이들의 속마음을 알 수 있어서 학급 운영에 유용한 자료가 됩니다.

학생 응답을 모두 확인하면 학부모 응답을 열어볼 차례입니다. 심장이 두근두근 뜁니다. 대개는 고맙다든가 잘 부탁하다는 말이지만 교사를 혼란스럽게 하는 내용도 심심찮게 있습니다.

아이들과 창의적 글쓰기 활동을 하던 당시 이런 학부모 응답을 받았습니다.

"창의적인 주제를 갖고 글쓰기를 하니 아이가 즐거워합니다."

"창의적 글쓰기보다 논설문 쓰기처럼 기본적인 글쓰기 연습이 더 필요합니다."

창의적 글쓰기는 '환경보호' 같은 일반적인 주제가 아니라 '내 신발에게 심심한 위로의 편지를 써라' 같은 독특한 주제로 글쓰기를 하는 활동입니다. 대부분은 창의적 글쓰기를 긍정적으로 평가했지만 딱 한 명의 학부모는 그렇지 않았습니다. 창의적 글쓰기 수업을 위해서 애써 주제를 생각하고 바쁜 시간을 쪼개 아이들의 글을 읽고 의견을 달아주던 제 노력이 보잘것없이 느껴졌습니다. 울적한 마음에 선배 선생님에게 속마음을 털어놓았습니다.

"교원평가는 판도라의 상자야. 상처만 받으니까 앞으로는 보지 마."

신문 기사를 찾아보니 여러 이유로 교원평가 결과를 일부러 확인하지 않는 선생님들이 많더군요. 창의적 글쓰기는 꽤 오랫동안 아이들과 꾸준히 즐겁게 해오던 활동이었는데, 이 응답을 본 이후로는 그 빈도를 크게 줄였습니다.

그러고 보니 임용시험 3차 면접에서 이런 질문을 받았던 기억이 납니다.

"교사가 매너리즘에 빠지는 이유는 무엇인가?"

저는 교사가 새로운 것을 배우려 노력하지 않고 자기계발을 게을리하기 때문이라고 답했고 면접에서 꽤 높은 점수를 받았습니다. 그러나 지금 생각해보면 그건 0점짜리 대답이었습니다. 교사가 매너리즘에 빠지는 이유는 매너리즘에 빠져야 본전이라도 건질 수 있기 때문입니다. 괜히 이것저것 하다가 힘만 빼고 싫은 소리를 듣는 일이 허다합니다.

처음 6학년 담임으로 발령받았을 때 일입니다. 교육청 사업에 지원해 경제적으로 어려움을 겪는 아이들에게 사용할 수 있는 예산을 받아왔습니다. 반에서 몇 명을 추려 그 돈으로 야구장에 갔습니다. 일부러 주말에 시간을 내고 돈이 부족해 사비를 보태 간식까지 사주고는 집에 돌아와 이런 전화를 받았습니다.

"학교에서 공부는 안 시키고 무슨 야구장 같은 데를 갑니까? 교육청에 민원 넣을 거예요!"

그 학부모는 성화에 못 이겨 아이를 마지못해 보내기는 했지만 이건 아닌 것 같다며 늦은 시간에 일방적으로 화를 내고는 전화를 끊어버렸습니다. 하지만 그 사업은 교육청에서 지원하는 것이었고, 야구장 견학은 교육청에서 하나의 예시로 권장한 활동이었습니다.

학생과 학부모가 참여하는 교원평가의 정식 명칭은 '학생·학부모 만족도 조사'입니다. 능력 있는 선생님으로 인정받으려면 학생과 학부모를 모두 만족시켜야 합

지적이나 비난을 받고
'아, 고쳐야지' 하고
생각하는 사람은 드뭅니다
지적이나 비난 대신
격려와 부탁을 해보면 어떨까요

니다. 하지만 모든 사람을 만족시킬 수는 없습니다. 그래서 많은 교사가 그 누군가의 불평도 듣지 않기 위해 차라리 아무것도 하지 않는 편을 선택합니다. 지금의 교원평가는 교원의 능력을 개발하기는커녕 오히려 사기와 의욕을 꺾어버립니다.

학기 말이 되면 생활통지표를 작성합니다. 이때 가장 신경 쓰는 부분이 학생발달 종합의견입니다. 초안을 쓸 때는 학생의 단점이 먼저 떠올라 적나라하게 적습니다. 그러다 생활통지표를 받아볼 학생을 생각합니다. 자신의 단점을 읽으며 '고쳐야겠다'고 생각하기보다 '선생님이 나를 미워한다'고 여길까 봐 마음이 쓰입니다. 그래서 초안을 지우고 다시 작성합니다. 자리 정돈을 잘하지 않는 아이는 자유분방한 아이로, 소란스러운 아이는 의사소통 능력이 뛰어난 아이로 바꿉니다. 거짓을 쓰지는 않습니다. 관점을 달리해서 아이를 관찰하는 것입니다. 신기하게도 이렇게 바꿔 쓰면 단점이라고 생각했던 모습이 장점으로 다가옵니다.

지적이나 비난을 받고 '아, 고쳐야지' 하고 생각하는

사람은 드뭅니다. 오히려 화가 납니다. 선생님도 마찬가지입니다. 교원평가에서 지적이나 비난 대신 격려와 부탁을 해보면 어떨까요?

> 불필요한 숙제가 너무 많아요. (지적, 비난)
> → 아이들 학업에 신경 써주셔서 고맙습니다. 다만 아이가 힘들어하니 숙제를 조금만 줄여주시기를 부탁드립니다. (격려, 부탁)

> 시험을 너무 안 봐서 학교에서 공부를 가르치는지 모르겠네요. (지적, 비난)
> → 아이가 학업 부담이 적어 학교 가는 것을 즐거워합니다. 다만 부모로서 우리 아이의 성적이 어느 정도인지 궁금합니다. (격려, 부탁)

교원평가를 솔직하게 해도 되느냐는 학부모의 질문이 담긴 인터넷 게시 글을 봤습니다. 하고 싶은 말이 있는데 혹시 누가 응답했는지 알려지면 곤란해지지 않을까

하는 걱정이었습니다. 대다수의 댓글은 익명성이 보장되니 솔직하게 적어도 된다고 답했습니다.

입에 발린 말이나 거짓을 적어달라는 뜻은 아닙니다. 자신의 허물은 스스로 보지 못하는 법입니다. 교육활동에 대한 학부모의 피드백은 필요합니다. 단지 직접 만나서 대화할 때처럼 화면 너머에 선생님이 있다는 사실을 기억해주시기를 바랍니다. 배려 없는 솔직함은 상대방에게 상처를 줄 수 있는 무례함이 될 수 있으니까요.

진짜 선물
안 드려도 되나요

66 99

제가 어렸을 때 부모님은 '에이스 하우스'라는 레스토랑을 운영하셨습니다. 초등학교 1학년이 된 지 얼마 안 된 어느 날이었습니다. 저녁에 부모님의 레스토랑에 들렀는데 엄마가 손을 잡고 저를 가장 큰 방으로 데려갔습니다. 그곳에는 학교에서만 보던 할아버지 담임선생님과 친구 엄마들이 식사를 하고 계셨습니다. 엉거주춤 인사를 하고 당시 애창곡이었던 〈아기공룡 둘리〉를 부르고는 방을 나왔습니다. 학교가 아닌 곳에서 선생님을 만난 경험이 꽤 인상 깊었는지 아직도 이 일이 기억납니다.

초등학교 2학년 때 소풍을 간 날도 떠오릅니다. 반장이었던 저는 엄마와 함께 소풍을 갔습니다. 점심시간 무렵, 엄마가 갑자기 사라져버렸습니다. 지금 생각하면 우습지만 당시 저는 엄마가 없어졌다며 대성통곡했습니다. 알고 보니 엄마는 다른 학부모와 선생님 들의 점심 식사를 준비하고 있었습니다. 김밥만 담긴 제 도시락과는 달리 선생님들이 계신 돗자리에는 산해진미로 가득 채워진 몇 단이나 되는 도시락이 펼쳐져 있었습니다.

월요일 아침, 희수가 커다란 봉투를 불쑥 내밉니다.

"주말에 제주도 다녀왔는데 친구들한테 초콜릿 나눠줘도 돼요?"

봉투 안을 살펴보니 감귤 초콜릿, 한라봉 초콜릿 등 제주도에 가면 기념품으로 사오는 초콜릿이 몇 상자 들어 있습니다. 학교에서 외부 음식은 먹을 수 없고 다른 반 아이들 눈도 있으니 나눠주려거든 수업이 끝나면 나눠주라고 일러주었습니다. 자리에 돌아가다 말고 희수가 돌아와 감귤 초콜릿 한 상자를 건넵니다.

"아 참, 이거는 엄마가 선생님께 드리래요."

"선생님은 괜찮아. 집으로 가져가렴."

그러자 평소에 말이 많은 영준이가 촉새같이 입을 엽니다.

"야! 선생님은 김영란법 때문에 선물 받으면 안 되는 거 몰라?"

아이들은 김영란법을 선생님이 선물(또는 뇌물)을 받으면 안 되는 법이라고 알고 있습니다. 그래서 왠지 제가 원래는 선물을 엄청나게 받는 부정한 선생님인데 김영란법 때문에 아쉽게도(?) 그러지 못하는 선생님이 된 것 같습니다.

'김영란법'의 정식 명칭은 '부정청탁 및 금품등 수수의 금지에 관한 법률'입니다. 부정 청탁 및 금품 수수 금지가 이 법안의 핵심입니다. 하지만 학교 현장에서는 금품 수수에만 초점이 맞추어져 있는 듯합니다.

국민권익위원회 누리집(acrc.go.kr)에 들어가면 부정 청탁의 종류를 살펴볼 수 있습니다. 그중 하나가 학교의 입학 및 성적 등 처리에 관한 부정 청탁입니다. 학교 선생님으로 근무하면서 이런 부정 청탁을 꽤 많이 받습니다. 대표적인 것이 출결 처리입니다. 학교생활기록부 기재 요령에 따르면 학교에 출석하지 않으면 결석, 늦게 등교하면 지각, 일찍 하교하면 조퇴, 수업 시간에 불참하면 결과缺課로 처리해야 합니다. 하지만 학부모에게 원칙대로 출결을 처리한다고 하면 종종 난감한 상황이 생깁니다.

아이가 병원에 가야 해서 수업에 늦는다는 연락에 질병지각으로 기록된다고 안내하면, 작년 담임선생님은 그러지 않으셨다는 말로 은근히 그냥 넘어가달라는 압박을 받습니다. 가족 행사로 갑자기 아이를 학교에 못 보낼 것 같다는 연락에 개별체험학습을 미리 신청하지 않아서 무단결석으로 기록된다고 안내하면, 규정에는 어긋나지만 지금이라도 신청서를 낼 테니 출석 인정으로 처리해주면 안 되겠느냐는 부탁을 받습니다. 학부모에게 불가함을 설명하고 원칙대로 처리하면 교원평가에서 "선생님이 융통성이 없고 너무 깐깐하다"는 핀잔을 듣기도 합니다.

김영란법에서 핵심은 부정 청탁 금지입니다. 법에서

규정하는 금품 수수와 과도한 외부 강의 사례금 지급은 모두 부정 청탁에서 시작됩니다. 그래서 이 법은 김영란법이 아닌 청탁금지법으로 불려야 합니다.

정년을 앞둔 선배 선생님과 함께 근무할 때 들었던 이야기입니다. 예전에는 새로 학교에 발령받으면 결재판에 돈 봉투를 끼워 교장에게 상납하고 명절에는 과일 같은 선물을 보내야 하는 관행이 있었다고 합니다. 자기는 누군가 미리 말해주지 않아 모르고 넘어갔는데, 교장이 하도 사소한 것으로 트집을 잡아 고민을 하다가 뒤늦게 관행을 알게 되어 돈 봉투를 줬더니 갑자기 잘해주더라는 전설 같은 이야기였습니다. 또 소풍 가는 날이면 학부모들이 성대한 점심 식사를 차려주고 돈을 모아 목욕비 명목으로 선생님에게 돈 봉투를 주었다는 이야기도 들었습니다. 지금은 상상도 못 할 일이지요.

요즘은 그 반대입니다. 선생님들이 돈을 받는 것이 아니라 오히려 돈을 더 씁니다. 담임을 맡으면 학급 운영비 명목으로 20만 원 남짓한 예산을 받습니다. 제한이 있기는 하지만 비교적 재량껏 사용할 수 있는 돈입니다.

이 돈으로 반 아이들의 단체 티셔츠를 맞추거나, 어린이날 선물을 사거나, 학급 생일잔치를 합니다. 학년이 끝날 때면 그동안 사용한 학급 운영비 영수증을 제출하고 정산을 하는데, 매년 지급받은 예산보다 훨씬 더 많은 돈을 쓴 걸 확인할 수 있습니다. 그래서 이제까지 모아놓은 영수증은 20만 원에 맞춰 행정실에 제출하고 초과 비용은 그냥 제가 낸 걸로 끝내버립니다. 방만한 예산 운영이라고 비판하실지 모르겠습니다만, 아이들과 함께 생활하다 보면 더 내주고 싶은 애정이 생깁니다.

만약 아직도 학부모에게 식사를 대접받고 목욕비를 받는 관행이 있다고 상상하면 가슴이 답답해집니다. 저는 아마 그 불편한 부탁을 어떻게 거절할지 며칠 전부터 고민할 것입니다. 학교 현장에서는 청탁금지법을 반깁니다. 관행적으로 주고받는 돈 봉투와 명절 선물이 사라졌습니다. 학부모에게 선물을 받고 전전긍긍할 필요가 없어졌습니다. 무리한 부탁은 청탁금지법을 이유로 합법적으로 거절할 수 있게 되었습니다. 부작용은 있겠지만 올바른 방향으로 나아가고 있다고 느낍니다.

학교가 끝나자마자 희수가 "초콜릿 먹을 사람!" 하고 소리칩니다. 아이들이 너도나도 손을 들며 참새 떼처럼 희수에게 몰려듭니다. 초콜릿을 한 개씩 나눠주고 하나가 더 남았는지 서로 가위바위보를 합니다. "아싸!" 하고 외치는 세희 목소리가 들리는 걸 보니 세희가 가위바위보에 이겨 두 개를 받게 된 모양입니다. 한바탕 소동이 끝나고 아이들이 돌아갔습니다. 초콜릿 전투의 승자인 세희는 방과 후 수업이 있다며 교실에 남았습니다.

"선생님, 초콜릿 먹어도 돼요?"

"응, 수업 끝났으니까 먹어도 돼."

쩝쩝거리며 초콜릿을 먹던 세희가 제 얼굴을 보더니 말을 건넵니다.

"선생님도 솔직히 초콜릿 먹고 싶죠?"

세희는 자기 손에 있는 초콜릿을 보며 잠깐 망설이더니 아까 가위바위보에 이겨서 얻은 소중한 초콜릿을 "이거 드세요" 하며 저에게 건넵니다.

"마음은 고마운데 선생님은…."

"아이 참, 걱정하지 마세요. 비밀로 해드릴게요."

세희는 검지를 입술에 갖다 대며 능청스러운 표정을 짓습니다. 어떻게 할까 잠깐 고민하다가 "에라 모르겠다" 하며 초콜릿을 입에 넣습니다. 범죄자가 되었을망정 또 먹고 싶은 초콜릿입니다.

교육청에
민원 넣을 거예요

66 99

필요한 서류가 있어서 구청에 갔을 때 일입니다. 서류를 모두 발급받은 후 지하 주차장에 가려고 엘리베이터를 기다리고 있는데 함께 있던 아저씨가 농담처럼 이렇게 말했습니다.

"엘리베이터가 왜 이렇게 늦게 와? 이거 민원 넣어야겠네."

엘리베이터에 딱히 문제가 있어 보이지는 않았습니다. 그냥 평범한 속도였습니다. 그리고 이내 엘리베이터가 도착했습니다.

민원民願은 '주민이 행정기관에 대하여 원하는 바를 요구하는 일'을 뜻합니다. 가족관계증명서 같은 서류를 발급받거나 행정기관에 시정을 요구하는 일입니다. 그렇지만 민원이 단순한 불만 제기로 치부되거나 심지어 협박에 악용되는 경우도 있습니다.

학교에서 업무를 처리하거나 행사를 추진할 때 가장 민감하게 생각하는 부분이 학부모 민원입니다. 운동회나 학예회, 각종 대회에서 상을 줄 때도 학부모 민원의 소지가 없는지 많은 검토를 거칩니다. 내부와 외부의 시선은 다소 다르기에 학부모 민원이 학교 운영에 도움이 되는 경우도 많습니다. 하지만 때로는 납득하기 어려운 부당한 민원으로 어려움을 겪는 일도 다반사입니다.

6학년이 절반 지났을 무렵부터 승민이가 지각하는 횟수가 늘었습니다. 매번 아침에 전화를 걸어 승민이가 아직 학교에 오지 않았다고 하면 승민이 어머니는 확인해 보고 아이를 보내겠다는 대답을 반복하셨습니다. 그날도 1교시가 시작되었는데도 승민이가 학교에 오지 않았습니다. 최근에 승민이는 1교시 수업이 시작되고 얼마 지나지 않아 오는 경우가 많아 으레 곧 오겠거니 하며 어머니에게 아직 승민이가 등교를 하지 않았으니 확인을 부탁드린다는 문자메시지만 먼저 보내놓았습니다. 1교시 수업이 끝나도 승민이가 오지 않으면 쉬는 시간에 승민이 어머니와 통화할 생각이었지요. 승민이는 1교시가 절반 정도 지난 후 슬그머니 들어왔습니다.

문제는 그날 오후였습니다. 갑작스럽게 제게 전화한 승민이 어머니는 아이가 학교에 오지 않았는데 문자만 보내면 어떡하냐며 화를 냈습니다. 아이에게 관심도 보이지 않고 성의 없이 문자만 달랑 보낸 게 서운하시다면서요. 하지만 승민이 어머니는 몇 차례 전화 통화에서 승민이가 정서적인 어려움을 겪고 있을 수 있다는 제 의견은 대수롭지 않게 넘기시곤 했습니다.

전화 통화를 드리지 않고 성의 없이 문자를 보낸 죄로 학부모 민원을 받는 제가 죄송하다는 말씀을 드리는 것 외에 특별히 할 수 있는 일은 없었습니다. 이 와중에 아이를 학교에 보내는 건 부모가 책임져야 하는 일이 아니냐고 반박했다가는 학교가 뒤집어질지도 모릅니다.

그래도 이렇게 직접 민원을 받는 경우는 해명을 하거나 오해를 풀 수 있는 기회라도 있기 때문에 그나마 괜찮습니다. 상급 기관인 교육청을 통해 간접적으로 들어오는 민원은 더 답답합니다.

미세먼지 수치가 '나쁨'을 가리키는 날이 며칠이나 계속되던 시기였습니다. 한동안 운동장에 나가지 못한 아이들은 교실에서 자기들만의 방식으로 답답함을 해소하고 있었습니다. 하지만 좁은 교실에서 아이들 여러 명이 움직이니 바깥보다 교실이 더 공기가 나쁘게 느껴졌고, 복도에서 교실로 들어서면 퀴퀴한 냄새가 나서 숨을 쉴 수 없을 정도였습니다. 그래서 내키지는 않지만 잠깐 창문을 열고 환기를 했습니다. 마침 그날 아침에 미세먼지 수치가 '나쁨'이어도 실내는 환기하는 게 좋다는 뉴스를 본 참이었습니다.

그날 점심시간에 교무실에서 보낸 전체 메시지가 도착했습니다.

"교육청에 민원 전화가 왔다고 합니다. 미세먼지 수치가 '나쁨'인 날에는 교실 환기를 자제해주세요."

그날 창문을 연 게 저희 반만은 아니었겠지만, 왠지 저 때문에 민원이 들어온 건 아닌가 하는 걱정이 들었습니다. 만약 민원의 대상이 저였다면 저는 학생들에게 미세먼지를 마시게 한 나쁜 선생님이 되어버린 것입니다.

선생님에게 직접 민원을 제기했다가 자녀에게 불이익이 갈까 걱정하는 마음을 모르는 것은 아닙니다. 하지만 갈등 해결의 첫 번째 단계는 당사자끼리 대화하는 것입니다.

처음으로 1학년 담임을 맡은 해였습니다. 1학년 아이들은 예상을 벗어나는 말과 행동을 많이 합니다. 안일하게 생각하고 1학년에 지원한 터라 학급 운영이나 수업이 매끄럽지 않았습니다. 그날도 하루가 어떻게 지나갔는지 모를 지경이었습니다. 수업이 모두 끝나고 교실에서 청소를 하고 있는데 전화벨이 울립니다. 수화기 너머에서는 성준이 어머니의 목소리가 들려왔습니다. 고민을 많이 하고 전화를 드렸다는 성준이 어머니는 어렵게 말을 꺼내셨습니다.

요지는 얼마 전 제가 성준이에게 "그만 좀 물어봐"라

고 하는 바람에 성준이가 선생님이 무서워서 궁금한 것을 물어보지 못하겠다고 했다는 이야기였습니다. 솔직히 기억이 나지 않았습니다. 그렇지만 수업 시간에 다양한 질문을 자주 던졌던 성준이의 성향으로 미루어 짐작컨대 제가 그런 말을 했을 가능성이 높았습니다. 변명의 여지가 없는 저의 실수이고 잘못이었습니다. 전화로 사과드리고 주의하겠다고 했지만 마음이 편치 않았습니다. 그래서 다시 어머니에게 문자메시지를 보냈습니다.

"질문이 있는 교실을 만들겠다고 해놓고 말뿐이었나 봅니다. 저의 말로 상처받았을 성준이를 생각하니 마음이 아픕니다. 학급 운영과 수업을 다시 한번 점검해보겠습니다."

성준이 어머니는 자신도 집에서 성준이의 질문이 귀찮을 때가 많다면서, 선생님의 심정을 이해한다고 잘 부탁드린다고 답장을 보내주셨습니다. 이튿날 저는 성준이를 불러 수첩과 연필을 선물로 주면서 사과했습니다.

"선생님이 그만 물어보라고 한 건 실수였어. 미안해. 선생님은 성준이가 어떤 질문을 할지 꼭 알고 싶으니까 궁금한 점이 생기면 여기 수첩에 적어놨다가 선생님한테 와서 물어봐."

학교에 제기하는 민원은 모두 자신의 자녀가 잘되기를 바라는 마음에서 시작될 것입니다. 하지만 그런 마음이 단지 선생님을 불편하게 하는 데서 그친다면 그 의도가 퇴색되어버립니다. 학교에 민원을 제기하지 말고 대화를 제안해주시길 바랍니다. 학교는 단순한 행정기관이 아닌, 아이들과 선생님이 함께 생활하는 사람 냄새가 풍기는 곳이니까요.

방학 때도
월급 그대로 나와요?

6699

"요즘 애들 말 안 듣죠?"

누군가에게 제 직업이 초등학교 선생님이라고 밝히면 가장 먼저 나오는 반응입니다. 학교 선생님이 학생 흉을 보는 것도 이상하거니와 학생이라고 선생님의 말을 잘 들어야 하는 것도 아니기에 웃으면서 "안 그래요" 하고 맙니다. 그러고 나면 사람들은 평소에 가장 궁금했던 점을 물어보는데, 바로 방학과 월급의 상관관계입니다.

"방학 때도 월급이 똑같이 나와요?"

그렇다고 대답하면 부럽다는 말과 함께 왠지 모를 시

샘 어린 표정을 읽을 수 있습니다. 나는 이렇게 회사에서 고생하는데 너는 일도 안하면서 내가 낸 세금으로 월급을 꼬박꼬박 챙기냐고 암묵적으로 부당함을 호소하는 느낌이랄까요.

학생의 방학과 선생님의 방학은 조금 다릅니다. 방학에는 학생들이 등교를 하지 않을 뿐입니다. 선생님들의 일은 여전히 많습니다. 업무와 관련된 출장, 각종 연수, 기간제 교사나 방과 후 강사 선발, 신입생 면접, 개학 전 교직원 회의, 교실 환경 정리, 교육과정 편성 같은 일을 방학 때 해야 합니다. 그렇기 때문에 방학이라고 해서 학생들처럼 학교에 전혀 오지 않는 것은 아닙니다.

선생님들이 방학 중 학교에 출근하지 않는 법적 근거는 교육공무원법 제41조입니다. 현장에서는 '41조 연수'로 약칭합니다.

• 교육공무원법 제41조 (연수기관 및 근무장소 외에서의 연수)
  교원은 수업에 지장을 주지 아니하는 범위에서 소속 기관의 장의 승인을 받아 연수기관이나 근무장소 외의 시설 또는 장소에서 연수를 받을 수 있다.

이 조항에 따라 선생님들은 학교에 출근하지 않고 연수원, 사설 기관, 집 등에서 연수를 받을 수 있습니다. 연수의 개념은 폭넓게 인정해주는 편입니다. 기관에서 강의를 듣는 것뿐만 아니라 집에서 책을 읽는 것도 연수로 인정받습니다. 그래서 방학은 휴가가 아닌, 연수라는 다른 형태의 근무입니다. 출근은 하지 않지만 엄연한 근무이기 때문에 급여는 그대로 지급됩니다. 이런 근무 형태는 다른 직종에서는 보기 드뭅니다. 일종의 혜택이라고도 할 수 있겠지요. 하지만 41조 연수 때문에 받는 불이익도 있습니다.

먼저 연가年暇 사용의 제한입니다. 교원은 방학이 아닌 기간에는 아주 예외적인 경우를 제외하고는 연가를 사용할 수 없습니다. 경력이 6년 이상 되면 21일의 연가가 생깁니다. 하지만 이 연가는 방학 중에만 사용할 수 있습니다. 또한 일반적으로 공무원은 연가를 사용하지 않으면 연가 보상비를 받습니다. 하지만 교육공무원은 연가를 사용하지 않더라도 연가 보상비를 받지 못합니다.

"해외여행을 가면 대부분 학교 선생님이더라."

방학 때 일도 하지 않고 월급을 받으면서 해외여행을 가는 학교 선생님들을 향한 부정적인 시선을 모르는 바는 아닙니다. 하지만 방학 중 해외여행을 가는 선생님들은 대개 연가를 활용합니다. 학기 중에는 연가를 사용할 수 없으니 대한민국 모든 선생님들의 연가는 방학에 집중됩니다. 그러니 이 기간에는 유독 해외에 학교 선생님들이 많은 것처럼 느껴집니다.

선생님들에게는 삶 자체가 연수라 해도 과언이 아닙니다. 선생님의 경험은 아이들에게 훌륭한 교육 자료가됩니다. 얼마 전, 일본 여행을 갔을 때 일입니다. 어느 신도시의 횡단보도를 건너다가 그동안 본 적 없는 점자블록을 발견했습니다. 우리나라에는 보통 횡단보도 앞까지만 점자블록이 있는데 이곳에는 횡단보도에도 점자블록이 있어 시각장애인도 횡단보도를 쉽게 건널 수 있었습니다. 장애인의 통행권 보장에 대해 다시 생각해보는 기회가 되었습니다. 이때 횡단보도를 직접 촬영한 사진은 학교에 돌아와 장애이해교육을 할 때 훌륭한 교육 자료가 되었습니다.

방학 중에는 다양한 연수에 참여합니다. 각 지역 교육 연수원에서는 자체적으로 또는 외부 기관에 위탁해 연수 프로그램을 개설합니다. 인기 있는 프로그램은 듣고 싶어도 일찍 마감되어 들을 수 없는 경우가 많습니다. 자기 지역에는 개설되지 않아 다른 지역까지 교육에 참여하러 가는 열정 넘치는 선생님들도 많습니다. 선생님이 철밥통 공무원인 것 같지만 수업과 학급 운영에도 트렌드가 있습니다. 시대는 변화하는데 이런 흐름을 따라가지 못하면 학생과 학부모에게 외면받습니다.

특별히 어딘가에 가지 않더라도 집에 머무는 시간도 훌륭한 연수가 됩니다. 전년도 학급 운영을 반성하고 성공한 부분과 실패한 부분을 되돌아봅니다. 보상 체계를 어떻게 정할지, 공책 정리나 수업은 어떤 방식으로 할지, '1인 1역'은 어떻게 운영할지, 학급 회의는 어떻게 진행할지 등을 계획합니다.

학교 선생님으로 근무하는 건 제법 감정이 소모되는

선생님에게 방학은
아주 큰 혜택임이 분명합니다
하지만 이 혜택은 결국
아이들에게 돌아갑니다

일입니다. 과거와 달리 학생을 지도할 때 자칫 잘못하면 아동 학대로 간주될 수 있어 조심스럽습니다. 한 해 동안 무례한 학생이나 예민한 학부모를 만나면 그해에는 정말 힘이 듭니다.

군대 전역 후 저는 6학년 담임으로 발령받았습니다. 그 반은 소위 '문제 학급'이었습니다. 이야기를 들어보니 소화기를 분사하거나 수업 시간에 창문을 넘어 다니는 일이 예사였습니다. 담임이 여러 번 바뀌어 무려 네 번째 담임으로 제가 그 반을 맡게 되었습니다. 다행히 학급의 문제는 원만하게 해결되었으나 그 과정에서 혼자 속앓이를 많이 했던 터라 마음고생이 심했습니다. 학년이 끝날 무렵 교감 선생님이 교육연수원에서 실시하는 교원 힐링 연수를 권유해주셨습니다.

연수 프로그램은 일종의 템플스테이였습니다. 고즈넉한 산사에서 시간을 보내며 잠시나마 속세에서 벗어나 온전히 자신에게 집중할 수 있었습니다. 학급 운영에 어려움을 겪으며 느꼈던 학생들에 대한 미움, 나 자신에 대한 실망을 다른 선생님들과 공유하고 스님의 말씀을 들으며 치유할 수 있었습니다. 특별히 책을 읽거나 강의를 듣지는 않았지만 그 자체로도 훌륭한 연수가 되었고, 다음 학년을 새롭게 시작할 수 있는 힘이 되었습니다. 이와 같은 맥락으로 집에서 단지 휴식을 취하는 것만으로도 선생님에게는 훌륭한 연수가 됩니다.

선생님에게 방학은 아주 큰 혜택임이 분명합니다. 하지만 이 혜택은 결국 아이들에게 돌아갑니다. 선생님의 방학이 학생들에게 긍정적인 영향을 미치기 때문입니다. 오래전 교육 방식을 고수하거나, 몸과 마음이 지쳐 있는 선생님 밑에서 아이들은 불행해질 뿐입니다. 방학을 이용해 다양한 것을 배우고, 휴식을 통해 심신의 안정을 찾은 선생님 밑에서 아이들은 질 높은 교육을 받을 수 있습니다. 대학에서 배운 지식만으로는 아이들을 가르치기가 힘듭니다. 그래서 방학 동안 자신의 부족한 점을 채우면서 성장해야 합니다.

이번 방학에 '아이리시 휘슬'이라는 악기를 배웠습니다. 청아한 음색 덕분에 연주를 하고 있으면 마음이 깨끗해지는 느낌입니다. 제법 거금을 들여 악기도 장만했

습니다. 열심히 연습해서 새로 만나는 아이들에게 들려
줄 요량입니다. 선생님이 잘난 체한다고 할까 봐 조금
걱정되기도 합니다만, 그래도 누군가에게는 의미 있는
기억으로 남기를 기대해봅니다.

그래도
좋은 대학에 보내야죠

＂＂

5, 6학년 담임이 되면 학년 말에 아이들의 희망 진로를 조사합니다. 학교생활기록부에 입력해야 하기 때문입니다. 몇 년 전까지는 학생과 학부모의 희망을 모두 적어야 했습니다. 그래서 그때는 부모가 원하는 진로가 학생이 원하는 진로로 둔갑하는 일도 종종 벌어졌지요.

하지만 지금은 학생의 희망 진로만 입력합니다. 달라진 점은 또 있습니다. 학생의 것만 적는 대신 희망 사유를 꽤 구체적으로 쓰게 되어 있습니다. 아이들의 꿈은 자주 바뀌기 때문에 보통 학년 말에 희망 진로를 적어내게 하고 개인별로 상담을 하면서 희망 사유를 채워 넣습니다.

참고로 말씀드리자면 교육부와 학교에서는 아이들의 진로교육에 큰 관심을 기울이고 있습니다. 과거에는 다른 영역과 통합해서 작성했던 진로활동 내역을 현재는 별도의 영역으로 편성해 입력합니다.

꾸준히 인기 있는 직업은 단연 초등학교 선생님입니다. "선생님처럼 좋은 선생님이 되고 싶어요"라는 말을 들으면 으쓱하지만 "우리 엄마가 선생님은 방학도 있고 좋은 직업이래요"라는 말을 들으면 머쓱합니다.

최근에는 크리에이터가 대세입니다. 얼마 전까지만 해도 연예인이나 아이돌 가수가 되고 싶다는 아이들이 많았는데 지금은 둘 다 왠지 과거의 직업이 되어버린 느낌입니다. 실제로 스마트폰으로 영상을 제작해서 온라인에 올리는 아이도 많습니다. 촬영이나 편집 기술이 제법 수준급인 아이들도 있습니다.

소영이는 운동도 잘하고 공부도 잘하는 아이입니다. 꿈이 무엇이냐고 물으니 자기는 '파티시에'가 되고 싶다고 답했습니다. 그런 직업도 있나 싶어서 그게 도대체 무엇이냐고 물었더니 소영이가 마치 백과사전 읽듯이 저에게 설명을 해줍니다.

파티시에ᵖâtissier는 원래 페이스트리(pastry, 빵의 한 종류)를 만드는 사람을 일컫는데 빵이나 과자를 만드는 사람을 생각하면 된다고 합니다. 진로 상담을 한다고 불러놓고 그게 무어냐고 물어본 게 민망해 그 꿈을 위해 무슨 노력을 하고 있느냐고 질문하니, 소영이는 이미 학원에 다니는 중이고 곧 제빵사 시험도 본다고 말했습니다. 나중에 어떤 곳에서 일하고 싶은지, 어떤 빵을 만들고 싶은지 물으니 마치 당장이라도 가게를 차려도 될 만큼 구체적인 계획을 쏟아냈습니다.

소영이의 꿈을 듣다 보니 교대에 다닐 때 기억이 떠올랐습니다. 실과교육론 수업에서 케이크를 직접 만드는 실습 시간이었습니다. 생전 처음으로 케이크를 만들어본다는 생각에 저는 잔뜩 긴장했습니다. 반죽을 하고 빵을 구워 직접 생크림까지 만들어 바르니 제법 그럴듯한 케이크가 완성됐습니다. 음악을 주제로 한 케이크 위에는 초콜릿 조각으로 꾸민 피아노 건반도 있었지요. 잔뜩 기대를 하고 케이크를 한입 물었을 때 저는 경악하고 말았습니다. 도저히 삼킬 수 없는 맛이었습니다. 정말 열심히 만들었는데 제 노력이 배신당한 기분이었습니다. 저는 그 뒤로 빵집에 갈 때마다 어떻게 이렇게 맛있게 빵을 만드는지 제빵사들이 대단해 보였습니다.

소영이에게 케이크를 망친 이야기를 들려주었습니다. 그러자 소영이는 케이크 만들기는 하나도 어렵지 않다며 저를 의아한 듯 바라보았습니다. 그래서 저는 나중에 파티시에가 되면 선생님에게 케이크를 만들어달라고 부탁한 뒤 상담을 마쳤습니다.

저는 소영이의 꿈을 듣고 놀랐습니다. 제가 어렸을 때는 보통 "공부를 못하니까 요리나 해라" 하는 식이었으니까요. 무엇보다 자녀의 꿈을 지지하고 응원하면서 실질적인 도움을 주는 소영이 부모님이 참으로 훌륭해 보였습니다.

학부모 상담을 할 때 저는 부모님에게 자녀의 꿈을 아는지, 또 거기에 대해서 어떻게 생각하는지 물어봅니다.

자녀의 꿈이
마음에 들지 않으신가요?
하고 싶은 일이 있다는 것만으로도
응원해주세요

보통 부모님들은 "아이가 원하는 대로 해주려고요"라고 말씀하십니다. 하지만 간혹 얼굴 표정이 어두워지며 걱정하는 분도 계십니다.

"휴, 공무원이 되거나 대기업에 들어가면 좋겠는데 무슨 크리에이터를 한다고…."

부모님들의 어릴 때 꿈은 무엇이었나요? 저는 꿈이 참 많이도 바뀌었습니다. 소방관, 가수, 화가, 피아니스트, 기자, 법률가, 경제학자 등 꿈은 경계를 넘나들며 수시로 변했습니다. 초등학교 선생님이 되기로 결정한 건 고등학교 3학년 때였습니다. 나의 적성에 맞는지, 안정적인 일인지, 장래가 유망한지와 함께 현실적으로 내가 할 수 있는 일인지 여러 날을 고민했습니다. 입시 준비를 하면서 인터넷으로 다양한 정보를 찾아보고, 관련된 책도 사서 읽었습니다. 그러다가 마침내 초등학교 교사가 가장 적합하겠다는 결론을 내리고 교대에 지원해 이렇게 아이들을 가르치게 되었습니다.

진로교육은 직업교육이 아닙니다. 진로교육은 미래의 직업을 찾는 과정이 아니라 직업을 포함해 나의 미래를 계획하고 실천할 수 있는 능력을 키워주는 교육입니다. "크리에이터 말고 공무원이 되어라!"라는 식의 명령은 아이의 진로에 어떠한 도움도 주지 못합니다. 오히려이 시기에는 하고 싶은 일이 있다는 것만으로도 응원해줘야 합니다.

아이들과 진로 상담을 하다 보면 "꿈이 없어요", "잘하는 게 뭔지 모르겠어요"라는 대답을 종종 듣습니다. 부모에게 자신의 꿈을 부정당하거나 원하지 않는 일을 강요당하면 꿈을 키워나갈 의욕을 잃어버립니다.

고등학생 시절 논술 시험에 대비해 '유비쿼터스'에 관해 공부한 적 있습니다. 유비쿼터스ubiquitous는 '언제 어디에나 존재한다'는 뜻의 라틴어로, 사용자가 컴퓨터나 네트워크가 없어도 장소에 상관없이 자유롭게 네트워크에 접속할 수 있는 환경을 말합니다. 불과 10여 년 전, 논술 시험에서나 나올 법한 미래의 모습이 지금 현실이 되었습니다. 스마트폰으로 언제든지 인터넷에 접속할 수 있는 환경이 되었고, 사물 인터넷으로 다양한 기기를 원격으로 조종할 수 있게 되었습니다. 이제 스마트폰이 없는 세상은 상상할 수도 없습니다.

시간이 지날수록 사회는 더욱 빠르게 변합니다. 빅데이터, 인공지능, 4차 산업혁명은 먼 미래의 일이 아닙니다. 미래를 내다보고 계획하지 않으면 지금 애써 쌓고 있는 지식이나 경험이 무용지물이 될 수도 있습니다. 오늘의 유망 직종이 내일은 사라질지도 모르는 일입니다.

자녀의 꿈이 마음에 들지 않으신가요? 걱정하지 마세요. 우리 아이들은 그 꿈을 통해서 미래를 준비하고 있을 테니까요.

알림장

───

미래를 여는
새로운 직업을 알아봅시다

- VR(Virtual Reality, 가상현실) 에듀 크리에이터

- VR 공간 디자이너

- AR(Augmented Reality, 증강현실) 쇼핑 플랫폼 설계자

- 머신러닝 엔지니어

- 비전 인식 전문가

- 인공지능 교통 시스템 개발자

- 인공지능 게임 콘텐츠 개발자

- 자율비행 드론 개발자

- 커넥티드카 개발자

- 플라잉카 개발자

- 스마트팩토리 코디네이터

- 스마트센서 관리자

- 스마트홈 개발자

- BCI(Brain Computer Interface, 두뇌 컴퓨터 인터페이스) 전문가

- 아이트래킹 프로그래머

- 공간정보시스템 기사

- 오감 인터랙션 개발자

- 디지털 재해 복구 관리사

- 블록체인 전문가

- LED 식물공장 개발자

- 생태 복원 전문가

- 신재생에너지 전문가

- 지능형 홈로봇 개발자

- 복지주거환경 코디네이터

- 중장년 일자리 코디네이터

- 사이버분쟁 조정사

- 동물 매개 심리사

- 반려동물 행동 상담원

- 간편 대용식 개발자

- 유전자 상담 전문가

- 페도티스트

- 디지털 디톡스 지도사

- 곤충 기반 식품 개발자

- 빅데이터 큐레이터

- 소셜미디어 컨설턴트

- 지역 콘텐츠 창작자

- 크리에이터 매니저

- 디지털 카토그래퍼

- 기술윤리 변호사

상담을
받을 정도는 아닌데요

6699

고학년 담임이 되면 교실에서 종종 보게 되는 갈등이 있습니다. 바로 아이들 사이의 편 가르기입니다. 귓속말로 험담을 했다는 둥, 누구랑 놀지 말라고 했다는 둥 서로 편을 가르고 갈등을 일으키는 경우가 있습니다. 처음에는 어르고 달래다가 나중에는 겁을 줘보기도 했지만 그럴 때마다 부작용만 나타났습니다. 시간이 지나자 친구 사이의 갈등은 제가 해결하려 하기보다 학교 상담 선생님의 도움을 받는 게 효과적임을 깨달았습니다.

그해에도 아이들 사이에 갈등이 있었습니다. 한 친구

가 말을 좀 거침없이 하는 성격이었나 봅니다. 아이들을 모아놓고 이야기를 들어보니 선불리 개입하면 더 나빠질 것 같아 상담 선생님에게 도움을 청했습니다.

부모님들에게 전화를 걸어 전후 사정을 설명하고 아무래도 저보다 전문가의 도움을 받는 게 좋겠다 싶어 상담실과 연계하겠다고 하니 다들 흔쾌히 알겠다고 했습니다. 그런데 유독 말을 드세게 했던 그 아이의 부모님만 자신의 아이가 상담실에 간다는 사실에 굉장히 민감하게 반응했습니다.

"상담실에서는 아이들을 피해자와 가해자로 나눌 텐데 우리 아이만 가해자 취급을 받을 것 같습니다."

상담에 대한 편견과 오해가 가득 찬 말이었습니다. 아마 그 아이의 부모님은 상담실을 과거의 선도부 정도로 생각하고 계셨던 모양입니다. 그 뒤로 선생님이 자신의 아이를 상담실에 보낼 생각을 했다는 사실이 불쾌한지 그다지 협조하지 않으셨고 아이들의 관계는 해결되지 못한 채 더욱 꼬여만 갔습니다.

문제는 생각보다 쉽게 해결됐습니다. 문제 해결에 진

척이 보이지 않자 아이들이 스스로 상담실을 찾아 상담 선생님에게 도움을 받았고 서로 갈등을 해결해 다시 원만한 관계로 돌아갔습니다. 아이들한테 그동안 선생님을 힘들게 한 것 같다며 꾹꾹 눌러쓴 손 편지도 받았습니다.

학교에는 '위 클래스'라는 상담실이 있습니다. 이곳에는 상담 전문가가 상주하고 있습니다. 상담실에서 아이들은 친구 관계나 진로 문제 등 다양한 고민을 털어놓습니다. '위 클래스'가 없는 학교는 외부 기관과 연계해 상담 서비스를 받을 수 있습니다.

상담실은 아이들이 심리적으로 건강한 학교생활을 할 수 있도록 양질의 상담 서비스를 제공하는 공간입니다. 아이들뿐만 아니라 선생님들도 학교 상담실에서 상담을 받습니다. 하지만 여전히 많은 학부모가 상담실을 과거의 선도부 정도로 생각하고 잘못을 저지르면 가는 곳으로 알고 있습니다.

초등학교에서 상담의 효과는 꽤 큽니다. 경민이는 말과 행동이 거친 아이였습니다. 심지어 수업 시간에 선생님이 있는데도 욕을 하고 거의 매일 친구들, 심지어 선배들과도 싸움을 벌이곤 했습니다. 벌을 주며 무섭게 하기도, 주말에 함께 나들이를 가며 달래보기도 했지만 그때뿐이었습니다. 고민 끝에 경민이 어머니에게 전화를 걸었습니다. 경민이 어머니는 그 정도인 줄 몰랐다며 자기도 어떻게 해야 할지 모르겠다고 하셨고, 저는 조심스럽게 상담실의 도움을 받아보자고 권유했습니다. 다행히 경민이 어머니는 제 의도를 이해하고 적극적으로 협조해주셨습니다.

단 네 차례의 상담이었을 뿐인데 효과는 극적이었습니다. 변화를 먼저 알아차린 건 제가 아니라 다른 반 선생님들이었습니다.

"경민이가 요즘 표정이 밝아지고 인사도 잘하던데, 무슨 일 있어요?"

경민이는 그 후로 욕을 하지도, 싸움을 벌이지도 않았습니다. 화가 날 때면 자신만의 방식으로 현명하게 화를 푸는 모습을 보여주기도 했습니다. 1년 가까이 혼자 고군분투해도 나아지지 않던 경민이가 고작 네 번의 상담

상담의 목적은 우리 아이가
문제아라고 낙인을 찍는 것도
벌을 주려는 것도 아닙니다

으로 이렇게 변할 수 있다니요. 조금 허탈하기도 했지만 경민이가 긍정적으로 변화한 모습을 보니 뿌듯하기도 했습니다.

흔히들 상담을 단순히 이야기를 들어주는 것으로 생각합니다. 하지만 상담가는 막연히 이야기만 듣는 게 아니라 내담자의 이야기에서 심리적인 문제를 찾아내고 여러 가지 방법을 통해 이를 해결하도록 돕는 전문가입니다.

학교 선생님들도 상담을 배우기는 합니다. 하지만 전문적으로 공부한 상담가에 비하면 그 지식은 얕은 수준입니다. 아무리 뛰어난 선생님이라도 그 분야를 꾸준히 공부한 전문가보다 뛰어나기란 어려운 일입니다. 상담을 권유한다는 건 어쩌면 선생님 스스로 자신의 부족함을 인정하는 것입니다. 썩 내키지 않는 일이기도 합니다. 그렇지만 학생에게 도움이 되는 길임을 알기에 마땅히 그렇게 하는 것입니다.

상담에 대한 인식이 여전히 부정적인 우리나라에서 선생님이 학부모에게 자녀의 상담을 권유하는 건 굉장히 조심스러운 일입니다. 선생님이 우리 아이를 문제아로 몰아간다고 오해받기 십상입니다. 괜히 긁어 부스럼일까 봐 차라리 무시하고 싶기도 합니다. 저도 경민이 어머니에게 전화를 걸어 상담을 권유하기까지 얼마나 많이 고민했는지 모릅니다.

선생님이 상담을 권유한다면 반드시 받아보기를 추천합니다. 그 말을 꺼내기까지 선생님은 몇 날 며칠을 고민했을 가능성이 큽니다. 상담은 우리 아이가 문제아라고 낙인을 찍는 것도, 잘못했으니 벌을 주는 것도 아닙니다. 아이에게 상담을 권유한다는 건 선생님이 그 아이를 미워하는 게 아니라 오히려 관심을 기울이고 있음을 의미합니다.

학교 선생님이 학부모에게 상담을 권유하기까지 전전긍긍하지 않았으면 좋겠습니다. 선생님의 상담 권유는 학생에 대한 애정에서 출발한다는 사실을 기억해주시길 바랍니다.

학교에서는
뭘 가르치나요

“ ”

“몇 쪽이에요?”

수업 시작종이 울리면 이렇게 묻는 학생들이 몇 명 있습니다. 처음에는 조금만 기다리면 말해줄 텐데 왜 자꾸 물어보는지 귀찮게 느껴지기도 했습니다. 그런데 곰곰이 생각해보니 이 학생들은 선생님이 말하기도 전에 먼저 수업 준비를 하려는 성실한 학생들이었습니다.

“오늘은 교과서 필요 없어요.”

“그럼 놀아요? 우와!”

아이들은 교과서가 필요 없다고 하면 일단 뭔가 홀가

분한 느낌이 드는 모양입니다.

이번 시간은 미술 수업입니다. 교과서에는 10년 전쯤에나 썼을 법한 디지털카메라(일명 똑딱이)가 실려 있습니다. 요즘에는 이런 카메라를 사용하지 않습니다. 교과서가 제법 잘 만들어진 수업 자료이기는 하지만 가끔 이렇게 시대에 뒤떨어지는 면도 있습니다. 교과서가 느린 게 아니라 사회 변화가 빠른 것이겠지요.

방학 때 사진 연수에 참가한 적 있습니다. 제법 그럴듯한 커다란 카메라도 가지고 있습니다. 그래서 사진 수업이라면 자신 있습니다. 이번 미술 시간에 아이들에게 보여주려고 일부러 집에서 카메라 가방을 챙겨 왔습니다. 카메라를 꺼내들자 아이들이 난리입니다.

"비싼 카메라다!"

"그런 거 저희 집에도 있어요!"

카메라를 꺼내들고 구조와 기능을 간단히 설명합니다.

"그걸로 찍으면 사진 잘 찍을 수 있어요?"

제가 카메라를 든 모습이 제법 멋있어 보였는지 한 학생이 질문합니다.

"전혀 그렇지 않아요. 고수는 장비 탓을 하지 않는 법입니다."

저 혼자만 알아듣는 농담을 하고는 스마트폰으로 찍은 사진을 몇 장 보여줬습니다. 아이들은 정말 스마트폰으로 찍은 게 맞는지 몇 번이나 확인했습니다.

"오늘은 우리가 직접 사진사가 되어서 사진을 찍어보고 바로 인화까지 해보겠습니다."

교실에서 환호성과 박수가 터져 나옵니다. 각 모둠에서 자기 스마트폰을 빌려줄 사진사를 뽑은 다음 재미있는 사진을 찍을 수 있는 몇 가지 방법을 일러주었습니다. 아이들은 학교를 돌아다니며 흥미롭고 창의적인 사진을 찍어왔고, 저는 즉석 인화기로 사진을 한 장씩 뽑아주고 수업을 마쳤습니다.

학교에서는 무엇을 가르칠까요? 많은 분이 학교에서는 교과서를 가르친다고 생각합니다. 그런 관점에서 보면 미술 시간에 교과서 없이 제 마음대로 수업을 진행한 저는 태만한 교사입니다. 하지만 교과서는 수업에 활용할 수 있는 한 가지 자료에 불과합니다. 교육목표를 달성할 수 있다면 선생님의 재량으로 교과서를 아예 가르치지 않을 수도 있습니다.

학교에서는 교과서가 아닌 교육과정에 따라 아이들을 가르칩니다. 교육과정이란 교육목표를 달성하기 위해 선택된 교육 내용과 학습활동을 체계적으로 편성하고 조직한 계획을 의미합니다. 교육과정보다 커리큘럼이라는 말이 좀 더 익숙하게 들릴지도 모릅니다. 학교에서 가르치는 교육과정은 다음 단계로 나누어집니다.

「 학교의 교육과정 」

지금은 몇 차 교육과정일까요? 간혹 8차 교육과정이라는 용어를 사용하는 이도 있습니다. 하지만 차수로 표기하는 교육과정은 7차 교육과정이 마지막입니다. 7차 교육과정을 마지막으로 이후에는 수시 개정을 통해 교육과정을 바꿉니다. 2019년인 지금은 '2015 개정 교육과정'이 적용되고 있습니다.

학교마다 차이는 있습니다만, 교육과정이 만들어지는 과정은 보통 다음과 같습니다. 매년 2월이 되면 학교에서 학교 교육과정을 수립합니다. 수업일수, 재량 휴업일, 과목별 수업시수 등이 이때 결정됩니다. 학교 교육과정이 완성되면 각 학년에서 학년 교육과정을 수립합니다. 체험학습은 어디로 갈지, 평가는 어떤 식으로 할지, 교과 외 계기교육(학교 교육과정에 제시되지 않은 특정 주제에 대해 이루어지는 교육)은 무엇으로 할지 정합니다.

학년 교육과정이 완성되면 학급 교육과정을 세웁니다. 실제로 아이들에게 무엇을 어떻게 가르칠지는 학급 교육과정을 구성하는 담임의 역할입니다. 학급 교육과정은 체계화된 문서로 만들지 않고 담임이 자유롭게 구성합니다. 1년 동안 학급에서 운영할 특색 사업은 무엇인지, 수업은 어떤 방식으로 진행할지, 주안점을 두고 가르칠 것은 무엇인지 등을 정합니다.

지난해에는 특색 사업으로 학급 시집을 출판하기로 했습니다. 학교 동아리 예산을 지원받아 반 아이들과 시 쓰기 동아리를 만들고 시를 지어 제법 그럴듯한 책으로 묶어냈습니다. 국어 시간을 활용해 운영했기 때문에 국어 교과서에 있는 시 단원은 건너뛰었습니다. 교과서에 나온 시를 그대로 배우기보다 직접 시를 짓고 친구들과 나눈 후 책으로 만드는 것이 교육적 효과가 더 뛰어나겠다는 판단에서였습니다.

한 학기가 끝나고 교과서를 수거할 때였습니다.

"선생님! 저희는 여기 안 배웠는데요?"

필기 없이 깨끗한 시 단원을 보고 지민이가 큰일 났다는 듯이 외쳤습니다. 불현듯 한 선배 선생님이 해준 말이 생각났습니다.

"한 학기가 끝나면 교과서를 꼭 한번 훑어보면서 '우리가 교과서를 다 배웠다'고 해줘야 해. 그렇지 않으면 교과서를 다 안 가르쳤다고 민원 들어와."

교과서를 가르치지 않았다고 해서 수업을 소홀히 한 것은 아닙니다. 오히려 학급 상황에 맞는 적절한 활동으로 대체했을 가능성이 높습니다.

아이들이 배우는 교육과정에는 무엇이 담겨 있을까요? 저는 국가교육과정정보센터 누리집(ncic.go.kr)에서 국가 교육과정을 한번 읽어보시길 권합니다. 원문을 읽기가 부담스러우면 요약집을 보셔도 좋습니다. 그 안에서 우리나라 교육이 지향하는 바가 무엇인지, 미래 사회를 살아갈 우리 아이들을 어떻게 자라게 해야 할지 실마리를 얻을 수 있을 것입니다.

알림장

2015
개정 교육과정을
살펴봅시다

- 추구하는 인간상

- 자주적인 사람

- 창의적인 사람

- 교양 있는 사람

- 더불어 사는 사람

- 6대 핵심 역량

- 자기관리 역량 : 자아정체성과 자신감을

가지고 자신의 삶과 진로에 필요한 기초 능력과 자질을 갖추어 자기 주도적으로 살아갈 수 있는 능력

- 지식정보처리 역량 : 문제를 합리적으로 해결하기 위해 다양한 영역의 지식과 정보를 처리하고 활용할 수 있는 능력
- 창의적 사고 역량 : 폭넓은 기초 지식을 바탕으로 다양한 전문 분야의 지식, 기술, 경험을 융합적으로 활용해 새로운 것을 창출하는 능력
- 심미적 감성 역량 : 인간에 대한 공감적 이해와 문화적 감수성을 바탕으로 삶의 의미와 가치를 발견하고 향유할 수 있는 능력
- 의사소통 역량 : 다양한 상황에서 자신의 생각과 감정을 효과적으로 표현하고 다른 사람의 의견을 경청하며 존중하는 능력
- 공동체 역량 : 지역·국가·세계 공동체의 구성원에게 요구되는 가치와 태도를 가지고 공동체 발전에 적극적으로 참여하는 능력

돈 말고
뭘 물려줘야 하나요

66 99

민지는 우리 반에서 가장 친절한 아이입니다. 다른 친구들이 저를 못생긴 선생님이라고 놀리기라도 하면 "그런 말 하지 마! 선생님이 슬퍼하잖아" 하고 저를 보호해줍니다. 친구가 기분이 안 좋아 보이면 먼저 다가가 무슨 일이냐고 물어보며 위로하기도 합니다. 그 모습이 신기해 학부모 상담 때 이야기하니 어렸을 때부터 꾸준히 가족과 대화하는 시간을 가졌다고 했습니다.

태현이는 입이 거칠고 다른 친구들과 자주 다툽니다. 심지어 수업 시간에 선생님이 있는데도 욕을 하곤 했습니다. 어째서 그렇게 욕을 하느냐고 물어보니 "집에서 아빠랑 형이 욕을 자주 쓴다"고 답했습니다.

두 아이는 학업 성취 수준에서도 차이가 납니다. 어려서부터 꾸준히 책을 읽은 민지는 전 과목에서 우수한 성적을 거둡니다. 반면 틈만 나면 스마트폰 게임을 하고 PC방에 다니는 태현이가 공부를 싫어하고 시험 성적이 낮은 것은 어찌 보면 당연한 일입니다.

민지는 선생님에게 지적받는 일이 거의 없습니다. 잘못된 행동을 하지도 않을 뿐더러 혹여 그런 일이 있더라도 선생님은 다소 너그럽게 넘어가 주는 편입니다. 태현이는 하루도 거르지 않고 혼이 납니다. 똑같은 잘못이라도 태현이의 잘못은 유독 두드러지게 보입니다.

교육사회학은 사회구조와 교육이 서로 어떤 영향을 미치는지 연구하는 학문입니다. 교육의 역할은 크게 기능론과 갈등론으로 나눌 수 있습니다.

기능론은 교육의 긍정적인 면에 주목합니다. 교육을 통해 누구나 능력과 적성에 따라 자신의 꿈을 실현할 수 있고, 사회 구성원으로서 제 역할을 다할 수 있다고 보는 관점입니다. 기능론의 시각에서는 개천에 사는 미꾸라지도 교육을 받으면 용이 될 수 있습니다.

반면 갈등론은 교육의 부정적인 면에 주목합니다. 교육은 불평등한 계급 관계를 재생산하는 역할을 한다고 보는 관점입니다. 갈등론의 시각에서 미꾸라지는 용이 될 수 없고, 용이 되려면 애초에 개천이 아닌 하늘에서 태어나야 합니다.

갈등론의 대표적인 이론으로 문화재생산 이론이 있습니다. 문화재생산 이론은 한 사회의 규범이나 가치가 직접적으로 재생산되기보다는 문화적 과정을 통해 간접적으로 재생산되어 계승된다고 보는 이론입니다.

문화재생산 이론은 학교가 불평등한 계급을 드러나지 않게 공고화하는 곳으로 간주합니다. 학교에서 가르치는 지식 및 문화는 보편적인 문화가 아니라 상위 계층의 문화이기 때문에 이에 익숙한 상위 계층의 아이들이 높은 성취를 보이며 먼저 우위를 차지한다고 주장합니다.

폭력을 사용하지 말 것, 교양 있는 언어를 사용할 것, 담배를 피우지 말 것…. 학교에서 가르치는 바람직한 태

부모가 물려주어야 할 것은
건물이나 땅 같은
경제적 자본이 아닙니다
아이의 삶에 가장 큰 영향을 미치는 것은
문화적 자본입니다

도입니다. 이런 태도는 상대적으로 하위 계층보다 상위 계층에서 나타납니다. 상위 계층의 아이들은 학교에서 가르치는 규범이나 가치에 익숙합니다. 그래서 큰 어려움 없이 학교생활에 적응해나갑니다. 하지만 하위 계층의 아이들은 가정에서 접하는 환경과 학교에서 접하는 환경이 다릅니다.

가정폭력 피해를 입은 아이는 그렇지 않은 아이에 비해 폭력 가해자가 될 가능성이 네 배가량 높습니다. 부모 중 흡연자가 있으면 아이가 흡연할 확률이 그렇지 않은 아이에 비해 세 배가량 높습니다. 이런 환경에서 자란 아이가 학교에서 규범을 준수하며 높은 성취를 보이기는 어려운 일입니다.

계층을 단지 소득 수준으로 나누는 것은 아닙니다. 피에르 부르디외Pierre Bourdieu는 자본을 네 가지로 구분했습니다. 첫 번째는 '경제적 자본'입니다. 흔히 자본하면 떠오르는 이미지입니다. 현금, 자동차, 건물 같은 것이지요. 두 번째는 '사회적 자본'입니다. 쉽게 말하면 인맥입니다. 세 번째는 '문화적 자본'입니다. 문화적 자본은 언어나 행동 습관처럼 일상적인 부분에서부터 학력, 악기 연주 실력, 음식 취향, 취미, 여가 생활 등을 포함하는 개념입니다. 네 번째는 '상징적 자본'입니다. 신용 등급, 평판 같은 것을 의미합니다. 부르디외는 문화적 자본이 계층을 결정짓는 중요한 요인이라고 했습니다.

학교에서는 기능론적 관점에서 아이들을 가르칩니다. 학생 개개인의 능력과 적성을 살려 꿈을 키워주고 사회에서 올바르게 살아갈 수 있도록 교육하는 것입니다. 하지만 갈등론적 관점에서 보는 학교의 기능도 여전히 유효합니다. 상류 계층의 문화적 자본을 습득하지 못한 아이들은 학교생활에 적응하는 데 어려움을 겪고, 이는 경제적 자본 등 다른 자본의 형성에까지 부정적인 영향을 미칩니다.

"건물주 자식이 꿈인데 부모님이 노력을 안 해요."

라디오에 이런 사연이 소개되었습니다. 수저론으로 떠들썩한 이 시대를 반영하는 씁쓸한 농담입니다. 꿈이 무어냐고 물으면 건물주라고 대답하는 아이들도 심심찮게 있습니다. 마치 부모의 역할이 경제적인 풍요로움을 보장해야 하는 것처럼 여겨지는 시대입니다. 하지만 부모가 물려주어야 할 것은 건물이나 땅 같은 경제적 자본이 아닙니다. 아이의 삶에 가장 큰 영향을 미치는 것은 문화적 자본입니다.

다른 사람을 배려하는 언어 습관, 폭력이 아닌 대화로 문제를 해결할 수 있는 능력, 환경을 생각하는 소비 같은 높은 수준의 문화적 자본은 아이에게 자산이 됩니다. 이러한 문화적 자본은 학교가 아닌 가정에서 물려받아야 합니다.

문화적 자본은 직접 배우는 게 아니라 간접적으로 체화됩니다. 부모가 거친 언어를 사용하면서 아이에게 교양 있는 언어를 사용하라는 말은 잔소리에 그칠 뿐입니다. 부모가 독서를 하지 않으면서 자녀에게 독서를 하라고 강요해봤자 소용없습니다. 부모가 담배를 피우면서 아이에게 담배를 피우지 말라는 것은 가슴에 와닿지 않습니다. 우리 집의 문화적 자본은 어떤가요?

누군가의
선생님이 된다는 것

얼마 전, 재미있는 일이 있었습니다. 우연히 초등학교 6학년 때 담임선생님을 만난 것입니다. 이제는 어른이 되어버린 20여 년 전 제자를 단번에 기억하진 못하셨지만, 그래도 선생님은 저를 반갑게 맞아주셨습니다. 새신랑이었던 선생님을 중년의 모습으로 다시 만나니 시간이 참으로 빠르다는 생각이 들었습니다.

제 기억 속의 선생님은 무척 멋진 분이셨습니다. 컴퓨터를 잘하셨던 선생님은 학급 홈페이지를 직접 만드셨습니다. 버튼을 누르면 우주선 소리가 나는 것이 너무 신기해 미처 다 완성되지 않은 상태였는데도 홈페이지를 매일 들락날락했던 기억이 생생합니다.

선생님은 칠판에 'ㅂ'자를 쓸 때 딱딱한 활자체가 아닌 부드러운 필기체로 쓰셨습니다. 어찌나 멋져 보였는지 저도 선생님이 쓰는 방법으로 글씨를 썼습니다. 그때의 기억 때문에 지금도 칠판에 글씨를 최대한 바르게 쓰려고 노력합니다. 어떤 학생이 20여 년 전의 저처럼 선생님의 글씨체를 흉내 내고 있을지도 모르니까요.

하루는 선생님이 재미있는 이야기를 해주신 적이 있습니다. 한 아저씨가 재래식 화장실을 이용하면서 겪게 되는 에피소드를 다룬, 초등학생이 좋아할 만한 지저분한(!) 내용이었습니다. 어찌나 실감나게 들려주셨는지 그날은 온종일 시도 때도 없이 웃음보가 터졌습니다.

선생님이 된 저도 그때의 선생님처럼 흥미로운 일을 겪거나 재미있는 이야기를 듣게 되면 꼭 기억해뒀다가 수업 자투리 시간에 아이들에게 들려줍니다. 한바탕 웃음을 터트린 아이들 얼굴에는 즐거움이 넘쳐흐릅니다. 한번 해준 이야기도 틈만 나면 또 해달라며 조릅니다. 그 모습을 보고 있자면 어렸을 때 배를 잡고 깔깔거리던 제 모습이 떠오릅니다.

선생님이 된 지금의 저를 가만히 들여다보면 그동안 만났던 많은 선생님들의 모습이 제게도 조금씩 담겨 있는 걸 느낄 수 있습니다. 새삼 선생님이라는 존재가 아이들에게 얼마나 큰 영향을 미치는지 생각해봅니다.

원고를 집필하면서 잊고 살았던, 지금까지 함께한 아이들의 얼굴이 많이 떠올랐습니다. 그 아이들에게도 제 모습이 조금씩 담겨 있을까요? 부디 저의 좋은 점만 담겨 있기를 바랍니다.

예전에 가르쳤던 아이들을 다시 만나고 싶다는 생각이 듭니다. 몇몇에게는 결혼을 하면 냉장고를 사주겠다고 새끼손가락 걸고 서약까지 했는데 제 주머니가 텅텅 비어도 좋으니 그들에게 연락이 왔으면 좋겠습니다.

엄마가 모르는 교사의 속마음

초판 1쇄 발행   2019년 5월 10일

지은이   민상기

펴낸곳   (주)행성비
펴낸이   임태주

책임편집   김하얀, 고여림
디자인   참프루

출판등록번호   제313-2010-208호
주소   서울시 마포구 토정로 222 한국출판콘텐츠센터 318호
대표전화   02-326-5913
팩스   02-326-5917
이메일   hangseongb@naver.com
홈페이지   www.planetb.co.kr

ISBN   979-11-87525-25-7 03810

행성B는 독자 여러분의 참신한 기획 아이디어와 독창적인 원고를 기다리고 있습니다.
hangseongb@naver.com으로 보내 주시면 소중하게 검토하겠습니다.